文春文庫

野分ノ灘

居眠り磐音（二十）決定版

佐伯泰英

文藝春秋

目次

「居眠り磐音」

主な登場人物

坂崎磐音（さかざきいわね）
元豊後関前藩士の浪人。藩の剣道場、神伝一刀流の中戸道場を経て、江戸の佐々木道場で剣術修行をした剣の達人。

おこん
磐音が暮らす長屋の大家・金兵衛の娘。今津屋の奥向き女中。磐音と結婚の約束を交わした。

今津屋吉右衛門（いまづやきちえもん）
両国西広小路に両替商を構える商人。お佐紀（さき）と再婚した。

由蔵（よしぞう）
今津屋の老分番頭。

佐々木玲圓（ささきれいえん）
神保小路に直心影流の剣術道場・佐々木道場を構える磐音の師。

速水左近（はやみさこん）
将軍近侍の御側衆。佐々木玲圓の剣友。

本多鐘四郎（ほんだかねしろう）
佐々木道場の住み込み師範。磐音の兄弟子。

松平辰平（まつだいらたつぺい）
佐々木道場の住み込み門弟。父は旗本・松平喜内（きない）。

重富利次郎（しげとみとしじろう）　佐々木道場の住み込み門弟。土佐高知藩山内家の家臣。

品川柳次郎（しながわりゅうじろう）　北割下水の拝領屋敷に住む貧乏御家人の次男坊。母は幾代。

竹村武左衛門（たけむらぶざえもん）　南割下水吉岡町の長屋に住む浪人。妻・勢津と四人の子持ち。

笹塚孫一（ささづかまごいち）　南町奉行所の年番方与力。

木下一郎太（きのしたいちろうた）　南町奉行所の定廻り同心。

幸吉（こうきち）　深川・唐傘長屋の叩き大工磯次の長男。鰻屋「宮戸川」に奉公。

竹蔵（たけぞう）　そば屋「地蔵蕎麦」を営む一方、南町奉行所の十手を預かる。

桂川甫周国瑞（かつらがわほしゅうくにあきら）　幕府御典医。将軍の脈を診る桂川家の四代目。

中川淳庵（なかがわじゅんあん）　若狭小浜藩の蘭医。医学書『ターヘル・アナトミア』を翻訳。

小林奈緒（こばやしなお）　磐音の幼馴染みで許婚だった。小林家廃絶後、江戸・吉原で花魁・白鶴となる。前田屋内蔵助に落籍され、山形へと旅立った。

坂崎正睦（さかざきまさよし）　磐音の父。豊後関前藩の藩主福坂実高のもと、国家老を務める。

中居半蔵（なかいはんぞう）　豊後関前藩の藩物産所組頭。

『居眠り磐音』江戸地図

新吉原
山谷堀
東叡山 寛永寺
待乳山聖天社
向島
今戸橋
上野
下谷車坂町
浅草
不忍池
金龍山 浅草寺
下谷広小路
新寺町通り
新堀川
吾妻橋
業平橋
品川家
十間川
首尾の松
北割下水
今津屋
天神橋
石原橋
本所
法恩寺橋
新シ橋
竹村家
柳原土手
南割下水
両国橋
横川
長崎屋
金的銀的
竪川
通旅籠町
薬研堀
大川
鰻処宮戸川
若狭屋
六間堀
猿子橋
鎧河岸
小名木川
日本橋川
日本橋
新大橋
霊巌寺
鎧ノ渡し
深川
亀島橋
金兵衛長屋
八丁堀
霊岸島
永代橋
仙台堀
永代寺
鉄砲洲
富岡八幡宮
佃島
越中島
堺橋

護国寺
面影橋
中山道
日光御成街道
小石川
伝通院
本郷
牛込
豊後関前藩
上屋敷
湯島天神
尚武館佐々木道場
神田川
牛込御門
神田明神
表猿楽町
駿河台
昌平橋
筋違橋御門
田安御門
神保小路
市谷八幡宮
市谷御門
内藤新宿
四谷
江戸城
四谷御門
麹町
大手御門
平川天満宮
呉服町
馬場先御門
鍛冶橋御門
南町奉行所
数寄屋橋御門
溜池
原宿
愛宕権現
宝泉寺
渋谷
麻布広尾町
増上寺
芝

本書は『居眠り磐音 江戸双紙 野分ノ灘』(二〇〇七年一月 双葉文庫刊)に
著者が加筆修正した「決定版」です。

編集協力 澤島優子
地図制作 木村弥世
DTP制作 ジェイ エスキューブ

野分ノ灘

居眠り磐音(二十)決定版

第一章　紅薊の刺客

一

赫々たる陽射しが深川六間堀界隈に降り注いでいた。江戸八百八町の空は澄み渡り、白い千切れ雲一つ見当たらなかった。

濃い日陰を地面に落とす柿の葉が、時折り風に葉叢を揺らすので、木漏れ日が四人の男たちの汗を光らせた。

「萌葱のかやぁー」

気怠くも長く尾を引く蚊帳売りの声が、深川鰻処宮戸川の裏庭にも伝わってきた。

水無月は暦では晩夏だが暑さは一向に衰えをみせず、堀や溜池の多い本所深川界隈には蚊が飛び回っていた。

暑さのせいで無言になった四人は鰻と格闘していた。

江戸の暑さを乗り切るには鰻の蒲焼が体にいいという噂が流れ、ために六間堀北之橋詰に暖簾を掲げる宮戸川には連日大勢の客が押しかけていた。

磐音の手が竹笊に伸びて鰻の頭下をふわりと摑み、使い込んだまな板に載せると、鰻の半身からわずかに尾にいった辺りの背を手前にして、包丁で背首に切り口を一つ入れた。その切り口に人差し指を突っ込み、錐を打つと、包丁の峰で錐の頭を軽く叩いて安定させ、

(成仏いたせ)

と胸の中で言いつつ、指を突っ込んでいた切り口に包丁の切っ先を入れ、

すいっ、

と背開きにして、臓物、椎骨を取り除き、最後に背鰭、尾鰭を落とした。

この一連の作業は流れるような動きで行われ、

あっ

という間もなく鰻は成仏した。

永年の手捌きだった。

作業の音に、一連の間と律動があった。

だが、奥で炭火を熾す鉄五郎は、磐音がなにやら思い悩んでいることを察していた。

松吉、次平、幸吉、そして磐音の鰻割きの音を長い間聞いてきた鉄五郎は、それぞれの音を聞き分けることができた。

鉄五郎は炭火から裏庭の鰻割きの男たちに視線をやった。

小僧の幸吉はこのところ見る見る腕を上げ、今や次平爺さんを抜いて宮戸川の大事な戦力になっていた。なにしろ餓鬼の時分から本所深川の堀や池から鰻を捕って銭を稼ぎ、一家の暮らしを助けてきたのだ。鰻の習性を五感が覚えていた。

だが、そのことが仇になり、

「鰻割きなんぞお茶の子さいさい」

と高を括って宮戸川に奉公に入り、鰻割きの技を覚えるのに苦労した。それもどうやら峠を越したようだと、鉄五郎は幸吉の動きを伝える音に耳を傾け、

「坂崎さん、そろそろ店仕舞いしなせえ」

と一足先に上がらせようと磐音に声をかけた。

磐音は顔を上げて鉄五郎に頷き、最後の鰻を割き終えた。

「浪人さん、おれが片付ける。手足を洗い、お上がりよ」

と言いながらも幸吉は作業の手を休めなかった。

「幸吉、気持ちだけ頂戴しよう。いつもこちらの後片付けまで押し付けておるでな、本日は格別に急ぎ仕事もないゆえ、それがしがやろう」

「いいってことよ」

と幸吉が言った。

だが、磐音は笊、まな板、錐、包丁を井戸端に運び、丁寧に洗った。それから砥石を出して滑面を濡らすと、刃の汚れを拭い取るように研いだ。さらに刃先を丹念に研ぎ、何度も指のひらに刃をあてて研ぎ具合を確かめた。

「よし、これでよかろう」

砥石の粉を水洗いして落とし、乾いた布で刃を拭き取ると、包丁を布に包んだ。そして、なぜか懐に仕舞い、笊やまな板を風通しのいい木陰に干した。

「お先に上がらせてもらう」

「おおっ、あとは任せな」

と松吉が請け合う。

磐音は新しく汲み上げた水で顔と手を洗い、さらには濡れた手で乱れた鬢を撫でつけた。

「今日も暑くなりそうじゃな」

「この節の暑さは殊の外、体に堪えるな。こういう日にゃひっきりなしに客が詰めかけるぜ」

「松吉どの。千客万来、目出度いことだ」

「だが、おれの懐が潤うわけじゃやねえ」

と松吉が小声で呟いた。

「そうではないぞ。今の修業が、そなたが店を持ったときに役に立つ。目先の一文二文稼ぎなど忘れることじゃ」

「なんだって。おれが店を持つってか」

「松吉どのにはその大望はござらぬか」

「考えもしなかったぜ。鰻割きは生涯鰻割きだ」

「親方は、そなたの仕事ぶりを見て、しかるべき折りに暖簾分けを考えてくださると思うがな」

「驚いた」

松吉は思いがけない磐音の言葉に、自分の立場を改めて考えさせられたようで黙り込んだ。

「浪人さん、おれにもそんなときが来るかい」

「何れ幸吉にも訪れよう。だが、今は手順を一つひとつ体に染み込ませることじゃ」

「ようし」

と幸吉が張り切り、

「馬鹿野郎、言葉遣いがぞんざいになってるぜ」

と松吉に叱られた。

磐音は三人を庭に残して裏口から店に入った。すると調理場の一角に接した帳場座敷に、鉄五郎と磐音の膳がおさよの手で用意されていた。

「さて朝餉にしますかい」

鉄五郎も仕事の手を休めて帳場の小座敷に上がってきた。

宮戸川では夕暮れまで戦場のような騒ぎが続く、そこで朝餉をしっかり摂っておかないと体が保たない。それだけに、朝餉の膳も鰯の塩焼き、焼き茄子、大根おろしに白子、漬物、味噌汁の実は蜆と盛り沢山だ。

磐音の耳に、遠雷の音とともに、

「萌葱のかやぁー」

という売り声が届いた。

「親方、朝餉の前にいささか相談がござる」

鉄五郎が、やはり、という顔で磐音を見た。

「なんとなく思い迷っておられる様子に、どうしたことかと最前から考えておりやした」

と答えた鉄五郎が、

「おさよ、先に茶を二つくれねえか」

と女房に命じた。

「悪い話ですか、おれに手伝えることかねえ」

「悪い話かどうか。さりながら、こればかりは親方の許しがなければどうにもならぬことにござる」

おさよが茶碗を盆に載せて運んできて、磐音の深刻な顔にその場を去ろうとした。

「女将さんも話を聞いていただけぬか」

磐音の言葉に鉄五郎とおさよが顔を見合わせた。

「国許(くにもと)に異変がございましたか。それともおこんさんになにか」

鉄五郎が急(せ)き込んで訊く。

「そうではござらぬ。親方も女将さんも、先頃佐々木(ささき)玲圓(れいえん)道場が改築されたのは存じておられよう」

「もちろんだ。わっしらも佐々木道場が江都(こうと)一の剣道場、ええっと、なんという名だったかな」

「尚武館(しょうぶかん)道場じゃ」

「それだ。道場が増改築されたのを機に、尚武館佐々木玲圓道場となったんでしたね。それがどうしましたえ」

「改築がほぼ完成なった折り、佐々木先生から内々に、道場の後継とならぬかというお話がござった」

鉄五郎は一瞬理解がつかぬようでぽかんとした。

「道場の後継と言われますと、坂崎さんが佐々木先生の後を引き受けられるんですかい」

鉄五郎が思いがけない話を聞かされたとばかりに問い質(ただ)す。するとおさよが、

「おまえさん、それだけじゃないよ。坂崎様が佐々木家に養子に入られるという

ことじゃないのかい」

　と口を挟み、鉄五郎が磐音の顔を見た。

「坂崎家のご嫡男が、家を差し置いて佐々木家へ養子に入ろうというのかえ」

　磐音がこくりと頷いた。

「そ、そいつは目出度え話じゃねえか」

　と叫んだ鉄五郎が、

「おこんさんはどうなるんで」

　とそのことを気にした。

「おこんさんは上様御側御用取次速水左近様のもとに一旦養女に入り、佐々木家に養子入りしたそれがしと、しかるべき折りに祝言を挙げることになっておる」

「おまえさん、こんな目出度い話が聞けるなんて」

　とおさよの目はすでに潤んでいた。

「おさよ、なんで泣くんだ。こんな目出度え話によ」

「わたしゃ、嬉しい話ほど泣けるんだよ」

　と夫婦が言い合い、鉄五郎がようやく落ち着きを取り戻して姿勢を正すと、

「坂崎磐音様、日頃の苦労が報われましたな。おめでとうございます」

と祝いの言葉を述べ、夫婦して丁寧に腰を折って頭を下げた。

「親方、ありがとうござる」

磐音も受けて頭（こうべ）を垂れて応じた。

鉄五郎がふいに顔を上げ、

「坂崎さんの悩みが分かりましたぜ。うちの仕事をいつ辞めるか、迷っておいでだったんですね」

と叫んだ。

「いかにもさよう。思い起こせば深川暮らしの最初から、幸吉とこちらに出会わなければ、それがしの生計（たつき）は定まらなかった。そんな恩義があるにも拘（かかわ）らず、自分勝手な勤めぶりでござった」

「待った！ そいつは言いっこなしだ。おれもさ、何年も前から御城のお偉い様との付き合いもある坂崎さんを、このまま鰻割きにしておいていいものか、悩みましたぜ。いえね、職人一人の手というのなら、なんとでもなりまさあ。おれもかかあも、坂崎さんとお付き合いできることが嬉しかったんだ。こうして朝餉の膳を囲み、あれこれ世間話をすることが一日の張りだったんだ。それでつい甘えちまった」

「おまえさん、そのお蔭でこんな嬉しい話が聞けたんじゃないか」

「そういうこったな」

とようやく得心したように呟いた。

「親方、女将さん、真に勝手とは存ずるが、しかるべき日まで務めさせてもらい、宮戸川のよき折りに仕事を辞することをお許しいただけようか」

「許すもなにも、こんな目出度え話はありませんぜ」

と返事した鉄五郎が腕組みをして考え込んだ。そして、おもむろに口を開いた。

「坂崎さん、この話を聞いたからには、宮戸川では明日から鰻割きをしてもらうわけにはいかねえ。おっと、お待ちなせえ。坂崎さんの気持ちは分からないじゃねえが、これからは佐々木玲圓先生やら速水左近様のお顔に差し障る。そいつを承知で宮戸川が鰻割きを続けさせたとあっちゃあ、この鉄五郎の沽券にも関わる。ちっとばかり慌ただしいが、鰻割きは今朝をかぎりに目出度くも幕にしなせえ」

「おまえさん、それがいいよ」

おさよが大声を張り上げ、松吉や焼き方の進作、女衆おもとら奉公人全員を呼び集めた。

「どうしたんですかい、女将さん」

と松吉らがすっ飛んできた。

鉄五郎が厳粛な顔付きで、

「皆に申し聞かせる」

と宣告した。

「お白洲のお奉行様のようだぜ」

「幸吉、黙っておれ。ただ今よりお目出度い話を申し聞かせるゆえ、暫時黙りおろう」

と芝居もどきに一喝した鉄五郎が、磐音の身辺の変化を説明し、それに伴い、宮戸川の鰻割きを今朝を限りに辞めることを告げた。

驚きにしばらくだれの口からも言葉が出なかった。

幸吉の目に涙が盛り上がり、

「親方、これが目出度え話か」

と口を尖らせた。

涙を見た鉄五郎が大きく首肯し、

「幸吉、身分違いも歳の差も超えて仲良くしてもらったおめえには、とりわけ悲しい話かもしれねえ。だがな。よく考えてもみねえ。豊後関前藩六万石の国家老のご嫡男がよ、六間堀で九尺二間の裏長屋暮らし、生計が鰻割きときた。坂崎さんのお人柄でもって、おれたちは対等に付き合わせてもらったが、坂崎さんは元々川向こうのお方だ。それが尚武館佐々木玲圓道場の跡継ぎに出世なさるのだ。こいつはよ、幸吉、涙なんぞは拳（こぶし）で拭って、目出度えと送り出すのが深川の男のとるべき筋道じゃねえのか」

「親方、おれは嫌だ！」

と叫んだ幸吉が宮戸川を飛び出していった。

鉄五郎に頷き返した磐音が小座敷を下りて、店の前に出た。

六間堀の北之橋のすぐ脇（わき）から、五間堀が東に向かって伸びていた。六間堀と五間堀の合流部に柳が植えられていたが、その柳の下で幸吉の肩が震えていた。

「幸吉、そなたに最初に許しを得るべきであったな」

泣きじゃくる幸吉が、

「そんなことはどうでもいいや。おれ、親方から話を聞かされてよ、無性に寂しかっただけなんだ」

磐音が幸吉の背に両手を置いた。

「幸吉、それがしが佐々木玲圓先生の養子になろうと、尚武館を継ごうと、そなたらとの付き合いが終わったわけではないぞ。これからもずっと続く。ただ、鰻割きの仕事を辞するだけじゃ」

「そんなこと分かってらあ」

「ならば承知してくれぬか」

「浪人さん、だれがこの話を嫌がってるっていうんだ。おれだって頭じゃあ、目出度え話と分かってるよ。だけどよ、勝手に涙が零（こぼ）れて、仕方がないんだ」

「気持ちは分かった」

「金兵衛（きんべえ）さんの長屋も引き上げるのかい」

幸吉に問われて、長屋も引越すことになると思い至った。

「金兵衛どのにも話さなくてはならぬな」

「深川界隈が寂しくならあ」

と呟いた幸吉が、

「い、おそめちゃんが聞いたら驚くだろうな」

「おそめちゃんにも知らせぬといかぬか」

「当たり前だよ。黙ってちゃ不人情すぎらあ」

磐音はしばし考えた末に、

「江三郎親方を訪ねておそめちゃんに断ろう。その折り、親方にお断りしてそなたを同道いたそう」

えっ

と喜色の声を上げた幸吉の涙はもう乾きかけていた。

「幸吉、宮戸川を頼んだぞ」

磐音は布に包まれた包丁を懐から出すと、

「幸吉、この包丁、そなたに使うてもらいたい」

幸吉の顔が包丁から磐音の顔へ、そしてまた包丁へと戻った。

「浪人さんが使い込んだ包丁を、おれに使えっていうのかい」

「嫌かな」

差し出された包丁を幸吉が受け取った。

「おれが浪人さんの跡継ぎか」

「おお、そなたがそれがしの跡継ぎだ」

「よし」

と自分を鼓舞するように言うと、

「宮戸川は任せてくんな」

と胸を張った。

「よいな。そなたには未だ覚えることが無限にある。親方や松吉どのらから教えられたり盗んだりした技が五体に染み込んでこそ、一人前の職人に育てるのじゃ。親方の教えはもとより、松吉どのらの言葉も肝に銘ずるのじゃぞ」

「浪人さん、もう心配しなくていいぜ。それによ、どこに行こうと浪人さんは浪人さんだものな」

「われらがこれまで以上の付き合いを続けることに変わりはないからな」

幸吉が布に包まれた包丁を両手で差し上げ、

「こいつはよ、一人前の割き手になったと親方にお墨付きを貰った日から使わせてもらうぜ」

と返事をした幸吉の背を夏燕が、

すいっ

と過ぎ去っていった。

安永六年（一七七七）六月末。磐音は鰻割きの仕事を辞し、新しい天地に踏み出そうとしていた。

二

磐音は馴染みの六間湯に行き、体じゅうに染み付いた鰻の臭いを糠袋で丹念に洗い流した。この染みが深川暮らしを支えてくれたのだった。湯を被り、また糠袋で擦り上げては湯を被った。

「これでよかろう」

体じゅうの皮膚が真っ赤になっていた。自ら得心した磐音は、長屋から抱えてきた真新しい下帯、紺地の浴衣に着替えてさっぱりとした気分になった。同時に一抹の寂しさを覚えた。

金兵衛長屋を引き払い、佐々木道場の長屋に入るか。

佐々木道場は住み込み門弟を多く抱えているので、一人二人の増減はなんでもない。こたびの増改築に際し、門弟衆の長屋も大工の手が入ったため住み心地は悪くない。

本多鐘四郎が西の丸納戸方の依田家へ婿入りするために師範を辞して、長屋を出ていこうとしていた。それと交代に磐音が入るのは、佐々木道場にとっても都合がいいことだった。

（ただ金兵衛どのがなんと言われるか）

そんなことを考えながら金兵衛長屋の路地に入ると、金兵衛が梅の木を見上げて立っていた。

路地を吹き抜ける大川からの風がざわざわと梅の葉を揺らしていく。

「なにを思案しておられます」

「坂崎さんか。あまりにも枝が伸びすぎたでな、秋にはさっぱりさせようかと考えてたのさ。桜切る馬鹿、梅切らぬ馬鹿と言うでな」

と答えた金兵衛が、

「湯屋にしてはえらく長かったな。おめかしして吉原にでも参られますか」

「おこんさんに叱られましょう」

「おこんが悋気（りんき）を起こすか。それも悪くない」

自分の娘に関わる話をこう切り捨てた。

「金兵衛どの、本日を以（もっ）て宮戸川の鰻割きの仕事、打ち止めとなりました」

金兵衛が磬音に向き直り、顔を見上げて頷くと、

「長年のお勤めご苦労でした」

と労った。そして、

「いよいようちの長屋ともお別れですか」

と金兵衛から先に言い出した。

「私もね、一時はおこんがこの長屋に戻ってきてたれぞと所帯を持ち、この路地を棒切れを持った孫が走り回る光景を夢見ましたよ。でもまさかうちの娘が大名家国家老様のご嫡男と所帯を持つなんて、努々考えもしなかった。それがあっという間におこんまでが速水左近様の養女になるって話になり、佐々木家に養子に入った坂崎さんと祝言を挙げるなんぞ、たれに考えられますかい」

金兵衛の口調にも娘を手放す寂しさがあった。

「いやさ、坂崎さんと所帯を持つことをこれっぽっちも不満になんぞ思ってませんよ。それればかりか、おこんには勿体ねえ婿どのと考えてますのさ。それでもなんだか胸の中を空っ風が吹きぬけていくようでね」

金兵衛の言葉に磐音は応える術を知らなかった。

「いけねえいけねえ、歳取るとすぐにこれだ。大事な用事を忘れちまうとこだったよ」

「それがしに用がありましたか」

「それで待っていたのさ」

と答えた金兵衛が、

「お屋敷から時蔵(ときぞう)って中間(ちゅうげん)さんが使いに来てさ、中居半蔵(なかいはんぞう)様の口上を言い残していかれたんだ。坂崎さんに上屋敷に立ち寄ってほしいとな。なんでも関前城下から御用船が着いたとかで、船に文が載せられていたそうですよ」

磐音はすぐに父正睦(まさよし)からの返書だなと思い当たった。

佐々木玲圓から養子の話と道場の後継の申し出があったことと、それに対する自らの心境も正直に書状に認(したた)め、国許に送っていた。その返書があってもよい頃だった。

「ならば着替えて駿河台(するがだい)の上屋敷に参上いたします」

「そうなされ」

磐音は金兵衛と別れると長屋に戻った。

宮戸川から一旦着替えを取りに戻った折り、風を通そうと表と裏の戸を開けていたため、戸口に立つと九尺二間の部屋が見渡せた。

鰹節屋(かつおぶし)から貰ってきた木箱の上に手造りの位牌(いはい)が三柱立っているのが見えた。豊後関前藩の同輩にして幼馴染み(おさななじみ)の河出慎之輔(かわでしんのすけ)と舞(まい)の夫婦、小林琴平(こばやしきんぺい)の三人の位牌だ。

　磐音の深川暮らしはこの三人の死から始まったといえる。

　明和九年（一七七二）四月、今から五年前のことだ。

　磐音、慎之輔、琴平は藩改革の志を抱き、江戸勤番から関前城下に帰着しようとしていた。

　三人は藩内では未だなんの実権も持たぬ青年武士であった。だが、それぞれの実家は関前藩福坂家譜代中堅の家臣であり、三人が江戸で練り上げた改革案を提案すれば、実家はもとより国許の若侍の大半が参集し、それに動く可能性は十分あった。それほど慎之輔ら三人は若手の中でもその人柄と才を嘱望されていたので、改革は緒につくはずであった。

　だが、国許を意のままに操る国家老宍戸文六ら守旧派の面々が、三人の帰着を悪巧みをもって待っていたのだ。

　その結果、磐音は二人の友を失った。さらには慎之輔の妻の舞も亡くなり、許婚の奈緒も失おうとしていた。舞と奈緒は姉妹であり、琴平の妹であった。琴平を上意討ちしたのは磐音だ。その磐音が平然として奈緒と所帯を持たれようか。

　一夜にして磐音らの計画は瓦解した。

父正睦らの協力により、宍戸文六一派へ必死の反撃を試み、打倒した。だが、磐音はすべてを失くしていた。

こうして再び豊後関前城下を離れたのだ。

茫々五年が過ぎ去っていた。

今、磐音は新しい地平に旅立とうとしていた。それを決する文が豊後関前から届いたと思われた。

磐音はおこんが届けてくれた夏小袖と袴を身に着けながら、

「慎之輔、琴平、舞どの、そなたらの墓前に告げ知らせたきことがある。すでに承知と思うが」

と独り言を呟いた。

備前包平二尺七寸(八十二センチ)と無銘の脇差一尺七寸三分(五十三センチ)を差した。

包平は御家人研ぎ師、天神鬚の鵜飼百助老の手で見事に研ぎ上げられたばかりだ。さらに鞘の塗りも拵えも新しくなっていた。

刺客四出縄綱に柳原土手で襲われ、怪我を負わされた折り、刃も拵えも傷んでいた。そこで百助老人に手入れを願っていたのだ。

草履を履くと上がりかまちに置かれていた菅笠を手にした。

「おや、この日盛りに出かけるのかえ」

水飴売り五作の女房おたねが、昼餉の仕度をするために井戸端に行こうとして磐音とばったりと顔を合わせ、訊いた。

「旧藩からの呼び出しじゃ」

「おん出されたお家に忠義を尽くしても、一文の稼ぎにもならないよ。ちっとは実のある稼ぎをしないとおこんちゃんは養えないよ」

「いかにもさようにござる」

「いかにもさようにござるなんて、暢気な返事をしてる場合じゃないと思うけどね」

呆れ顔で井戸端へ向かうおたねを見やり、磐音は菅笠を被りながら木戸を出た。

六間堀沿いに竪川への河岸道を選んだ。

暑さはさらに厳しさを増したようで、道の照り返しが眩しいほどだ。

北之橋詰に差しかかり、宮戸川の店を見ると、六間堀にも五間堀にも、夏の疲れを鰻の蒲焼で乗り切ろうと川向こうから通人たちが乗ってきた猪牙舟が何艘も舫われていた。

その一艘は南町奉行所の御用船だ。

磐音が横目に通り過ぎようとすると、宮戸川の表から南町奉行所定廻り同心木下一郎太が小者の東吉に風呂敷包みを持たせて、姿を見せた。

磐音は足を止めて、

「木下どの、いかがなされた」

と声をかけると、一郎太が長閑にも、

「坂崎さん、神保小路にお出かけですか。なら船で大川を渡りませんか」

と誘ってくれた。

「それは助かる」

一郎太と東吉を乗せた御用船が、
すいっ
と六間堀の対岸を離れ、こちら岸にやってきた。

「造作をかける」

磐音は河岸道に片手をついて、ひらりと船に飛び乗った。すると河岸の柳の枝が揺れた。

「暑うござるな」

「いつまでも暑さが続きますね」

磐音が腰を下ろすと御用船は岸を離れ、竪川へと漕ぎ出された。

磐音は思わず宮戸川を振り返った。

「早、懐かしいですか」

磐音が一郎太を見た。

「今朝を限りに宮戸川の鰻割きの仕事を辞められたと聞きました。鉄五郎親方が、これ以上、坂崎さんに無理を言い続けると出世に差し支える、と言っていました」

磐音はただ頷き、

「足かけ六年、世話になりました」

とだけ答えた。

「よく辛抱なさいましたね。ご苦労に存じます」

辞めた理由を聞きたそうな一郎太の機先を制して、

「本日は南町奉行所でなんぞあるのですか」

と磐音は、船に漂う香ばしい蒲焼に話題を転じた。

「鬼の霍乱です。笹塚様が夏風邪を引かれまして、この数日、役宅で床に就いておられました」

「それは存じませんでした」

「いえ、もう峠は越えました。ようやく食欲も戻られたようで、宮戸川の鰻が食べたいと言われるので、非番をよいことに御用船を出して、川渡りしてきたところです。鉄五郎親方が、白焼きから肝焼きまで精がつきそうなものをいろいろと調理してくれました」

と東吉が膝の上に抱える風呂敷包みに目をやった。

笹塚孫一は南町奉行所の与力二十五騎、同心百二十五人を率いる年番方与力だ。五尺そこその体ながら度胸もあれば才覚も豊かで、その大頭には知恵が詰まり、

「南町の大頭与力は切れ者、触らぬ神に祟りなし」

と江戸の悪党どもに恐れられていた。

御用船は竪川に出て進路を左に取った。すると往来する船が急に多くなった。

「夏の疲れが出たのですよ。あれでなかなか気配りの御仁ですから」

「坂崎さんは時に付き合うだけだからそのように寛容なのです。われら、毎日怒鳴られ、尻を叩かれておりますと、笹塚様が床に就かれた数日の、なんとも長閑な奉行所が懐かしいやら恋しいやら」

一郎太の実感の籠った言葉に東吉がくすくすと笑った。

「ところで坂崎さんは道場へ行かれるのですね」

と磐音の夏小袖と袴に気付いたように念を押した。

「いえ、旧藩からの呼び出しです。おそらく父からの書状が借上船(かりあげせん)で届いたものと思われます」

豊後関前藩では、国許と江戸の間を借上げた千石船で定期的に往来させ、領内で産した海産物などを江戸で売り捌いていた。

この企ても、磐音らが藩財政立て直しの一環として建議しようとしたものだった。国家老宍戸文六一派が処断された後、磐音の父正睦らが関前藩の財政改革に携わり、江戸に出ていた磐音の協力もあって藩の物産を江戸で売り捌く藩物産所を始動し、今や安定した商いをしていた。

「仕事を辞めた坂崎さんがいそいそとお出かけとは、またなんぞ目出度い話ですか」

一郎太が、宮戸川を辞めたことと絡(から)めながら遠慮深げに訊いた。

磐音は心を許し合った友に隠し果(おお)せなかった。

「宮戸川を辞めた理由も父からの書状も、それがしの身の変化に根ざしております」

「やはりそうでしたか。佐々木道場で、坂崎さんが玲圓先生の後継になるという噂が流れているのを小耳に挟みましたが、そのことと関わりがあるのですね」

さすが毎日江戸府中を歩き回る町方同心は、敏感にも磐音の身辺の変化まで察知していた。

「驚きました。そのような噂が流れていましたか」

御用船は竪川から大川へ出たところで、水面がきらきらと光り、向かい合って話す二人の顔を照らし付けた。

「やはり真の話でしたか」

「尚武館の増改築が成った頃、先生からお話がありました」

「おこんさんはなんと」

一郎太はまずそのことを気にした。

「それがしもこの一件は真っ先におこんさんに相談いたしました。おこんさんは町人の私が佐々木道場に入れるかと案じましたが、先生はそれもすでに考えておられたのです。近々おこんさんは速水家に養女に入ります」

一郎太が膝を、

ぽーん

と叩いて、

「いやはや目出度き話ですね。おめでとうございます」

と祝いの言葉を述べた。

「有難うござる」

「いや、私も、突然宮戸川を辞されたというのでどうしたことかと考えていました。これで得心がいきました」

「そのことを関前の父に書き送りましたゆえ、その返書かと思います」

「お父上とお身内は得心なされましょうか」

一郎太は磐音が藩を離れた事情を承知していた。加えて磐音が豊後関前藩に戻ることはないことも察していた。だが磐音が坂崎家の嫡男であることに変わりはなかった。

「父が日光社参同行で江戸に出て参った折り、関前藩に帰藩して坂崎の家に戻ることは決して叶(かな)わぬことを、とくと話し合いました。ただ、母が得心されたかどうか」

「どこも女親は困りものですね」

と一郎太がしみじみ言った。

「おや、木下家もそうですか」

「いえ、うちの場合は嫁のなり手も決まっていないうちから、あれやこれやを案じるので、母の話だけですでに何十年も前から所帯を持ち、嫁と姑の確執に疲れ切った倅の気分です」

「おやおや、それはお気の毒な」

「私に仮に好きな女性が現れたとしても、八丁堀の組屋敷と母のことを思うと二の足を踏みます」

「木下どの、真にお好きな方はおられぬのですか」

若い者同士に加えて一郎太の非番が、なんとなくこのような会話をさせていた。

「おりません」

と答えた一郎太の返答がなんとなく微妙だった。

「旦那様」

と東吉が口を挟んだ。

「お内儀様も一郎太様に幸せになってほしい一心であれこれ言われるのです。所帯をお持ちになれば納まるところに納まりますよ」

と長年木下家に勤める老小者が言い切った。

「そうでございましょう、坂崎様」

と矛先を転じられて磐音は返答に窮した。

「旦那様、巴様とは進展はございませんので」

「なんだ、急に巴様の名など持ち出して」

一郎太が慌てた。

御用船は大川の左岸から右岸へ流れを下りながら横切り、新大橋、永代橋を潜り、霊岸島新堀へと入っていった。

一郎太がなにか言いたそうな顔で磐音を見て言った。

「坂崎さんの身辺が急変せぬうちに、一度ご相談に伺います」

「それがしでよければなんなりと」

と答えた磐音は、ふと思い付いて、

「その場におこんさんがいたほうがよいなら、頼んでみましょうか」

当然のことながら、一郎太の相談が、

「巴様」

のことと思えたからだ。

「女の気持ちは女のほうが分かるかもしれませんね。そのときは、おこんさんの出馬を願います」

御用船の中に東吉の安堵の吐息が洩れ、御用船は八丁堀が近い南茅場町の船着場に着いた。

「坂崎さん、われらはここで降ります。御用船を鎌倉河岸まで回させますから、このまま乗っていってください」

「御用船をそれがしが使うてよいものか」

「南町は非番月ですよ。この日盛りに汗をかくこともありません」

と答えた一郎太は、船頭に駿河台近くの鎌倉河岸まで送るよう命じた。

三

豊後関前藩六万石の江戸屋敷の門には、慌ただしくも忙しそうに家臣らが出入りしていた。国表から領内の物産を積んだ借上船が佃島沖に到来したことと関わりがあるのだろう。

藩士らの姿に番頭風のお店者も混じっていた。

門前に立ち止まった磐音は、これが慎之輔や琴平と密かに藩改革を思案した六年あまり前の閑散として活気のなかった門前かと感慨深かった。

「坂崎様ではございませんか」

と屋敷内から若い声がして、市橋勇吉の顔がにこにこと笑っていた。

「久しく会わなんだが息災であったか」

「体だけは頑健です。それがし、江戸勤番を正式に命じられ、中居様のもとで働いております」

と張り切った表情を見せた。

「おおっ、それはよかった」

市橋の父親は国許で御馬廻役であった。出世とは縁遠い役職だが、藩物産所勤務ならば己の才覚次第でそれも可能だ。

多額の借財を抱えた藩の財政を好転させる大きな力を発揮した藩物産所は、国許の関前でも江戸屋敷でも陽の当たる役職として脚光を浴びていた。

「中居様はご多忙であろうな」

磐音は多忙なれば門前で書状を受け取り、そのまま辞去しようと考えた。

「坂崎様、ささっ、お入りください。敷地の一角に藩物産所の建物ができたのはご存じありませんよね」

と市橋が屈託なく誘った。

「それは知らなんだ」

と答えながらも磐音は迷っていた。

関前藩を無断で抜けた身だ。藩主の実高に、そなたは未だ江戸遊学の身、籍は豊後関前藩にある、との言葉を頂戴した磐音だが、胸を張って出入りできるはずもない。

「ささっ、参りましょう」

と市橋が、迷う磐音の手を引くようにして門内に招じ入れるのを、若い門番が制止すべきかどうか訝しげに見詰めていた。

「本次、よく覚えておけ。あのお方が、国家老坂崎正睦様のご嫡男磐音様だ。今は藩を離れておられるが、正睦様と磐音様は関前藩の中興の祖ともいえる父子である。あの方がたとえどのような格好で門前にお立ちになろうとも、快くお迎えいたすのだぞ」

と老練の門番が教えた。

藩物産所の建物は門を入った右手にあり、昔、藩主の乗り物などを納める蔵を壊して新しく建てられていた。

磐音は足を止めて、玄関の左右に大きく広げられた物産を目利きする、開放的な板の間を見た。そこでは物産所役方や若狭屋の手代らが忙しそうな様子で、板の間に広げられた海産物の目利きをしていた。

板の間は百畳ほどありそうだ。それが関前藩の威勢を示していた。

「坂崎様、目利き場の他に、組頭中居様の御用部屋やら組下のわれらの執務部屋、さらには物産の見本を保管する蔵部屋などが奥に設けてございます」

「なかなか立派じゃな」

「それもこれも河出様、小林様、坂崎様のお三方の勇断と犠牲があったればこそにございます」

若い市橋の口から亡き河出慎之輔や小林琴平の名が聞かれようとは、磐音は信じられない気持ちで胸を熱くした。

「組頭がいつもわれらに申されます。この藩物産所が最初からうまく動いていたなどと努々考えるな。貴重な血の犠牲があって、ようやく開設できたのだ。そのことを思えば、少々利が出たといって浮ついた気持ちになってはいかんと、常に窘められます」

「市橋どの、そなたを抜擢なされたのも中居様か」

「はい」

「よき上役に恵まれたな」

と磐音が答えたとき、

「おおっ、参ったか」

と中居半蔵の元気な声が、物産所の目利き場を取り巻く板の間の東側の縁側から聞こえた。振り向くと若狭屋の番頭義三郎（ぎさぶろう）と半蔵の二人が立っていた。

「立派な物産所ができあがりましたな。中居様、おめでとうございます」

「坂崎、神保小路の尚武館道場とは比べようもなき造作じゃが、われら物産所奉公の者にとっては城かお店、気分が新たになるぞ」

と半蔵が答え、義三郎が、

「坂崎様、道場柿落（こけら）としの大試合で勝者になられたそうにございますね。いよいよ坂崎磐音様の名が江都じゅうに知れ渡りますぞ」

「義三郎どの、あれは試合ではござらぬ。柿落としの余興のようなものでな、招かれた数多（あまた）の剣客方も本気で務められたわけではないのじゃ」

「そう聞いておきましょう」

と答えた義三郎が半蔵を振り返り、

「明日から二杯目の船の積み下ろしをいたします」

と言うと御用が済んだか、

「坂崎様、時におこんさんとご一緒にうちにもお立ち寄りください」

と言い置いて、手代などを伴って玄関から門を出ていった。それを玄関先から見送った半蔵が、

「上がれ。ご家老からの書状もあれば話もある。それに御用部屋も見ていってくれ」

と磐音を誘った。

「お言葉ゆえ上がらせていただきます」

玄関の隅に草履をそろえた磐音は、

「確かこの場所には、お乗り物を納める建物が建っておりましたな」

「あれか。雨漏りが酷くてな、殿に建て替えを願い出たら、乗り物などを納める蔵をどこぞに移して、外の者の出入りが多い物産所を門近くのあの場所に建てよとのご指示をいただいた。それまで若狭屋の番頭らと会うのは、狭くて暗い御用部屋だったからな、雲泥の差だ。いや、狭くても人は我慢ができる。だが、折角苦労して関前から運んできた海産物の出来も、ああ暗くては判断がつかぬゆえ困っておっ

たのだ。品々の色艶を見分けるには、なんとしても日向でなくてはならぬからな」

と物産所新築の経緯を語った。

「中居様方の努力の賜物にございます。おめでとうございました」

と改めて祝いを述べる磐音に、

「本来ならば、その言葉を受けるのはそなたのはずであったがな」

と複雑な表情を見せた。

物産所組頭中居半蔵の御用部屋は板の間目利き場の後ろ、苔生した梅の老木が庭石に寄りかかるように立つ小さな庭に面した八畳間であった。陽射しが梅の葉叢に注ぎ、なかなか居心地がよさそうだ。

「坂崎、本日は時間があるか」

「格別御用はございません」

「ならば後で話がある」

と半蔵は油紙に包まれた書状を差し出すと仕事に戻っていった。

磐音は包みの紐を小柄で切った。書状は一通、正睦からだった。

懐かしい筆跡の書状を押し戴くと、父に感謝した。

封を披いた。

〈坂崎磐音殿、それぞれが大小諸々の驚きを以てそなたの文に接し候。照埜は事情をようやく呑み込みし時、顔面蒼白に変じ、坂崎家は断絶に御座いましょうかと取り乱し候。直ちに井筒家に使いが出され、伊代と井筒源太郎殿が駆け付け、照埜を慰め、落ち着かせる一騒ぎが展開され候。

磐音、そなたと父は、そなたがどのような道を選ぼうとその中に関前藩への復帰がないこと、承知致しおり候。されど女達は、嫡男のそなたが藩に戻り、坂崎家を継ぐ夢を未だ抱きおり候事、この思いもまた無理からぬ所と父は同情致しおり候。

磐音、江戸でも有数の直心影流尚武館佐々木玲圓道場の後継を託されるなど、剣に生きる道を選びしそなたには真に栄誉この上なし、父は感慨無量に候。

一剣を通じて世に羽ばたくことこそ、武人坂崎磐音の本懐なり。況してわが子が佐々木玲圓殿の後継とは、正睦感涙を禁じ得ず候。

父は愚考致す。

そなたは政事の人に非ず、利欲の人に非ず。

愚直に精進し一剣になにを託するや。

磐音、そなたの胸中のみが知る事に御座候。そしてそれが、父の存念と些かも違わぬこと承知致しおり候。

翻って照埜の気持ちを斟酌するや、われは内心を表に出せず。照埜が落ち着きを取り戻すことをひたすら念じ候。

磐音、坂崎家のことは案ずるに及ばず。わが腹中に成案あり。

この件につき、そなたに一つ頼み事が御座候。そなたが佐々木家に養子に入る前、おこん殿と祝言を挙げる前に、墓参の名目で豊後関前に帰省できぬか。またそれが可能ならば、おこん殿を同道できぬか。無理な願いとは存ずるが、坂崎家の将来を憂える照埜の哀しみを思うとき、この望み叶えられぬものかと父は考えおり候……〉

磐音は母の心情を思い、胸を打たれた。また父の温かき心根に涙を堪えた。そして、磐音のみならずおこんが豊後関前に旅ができるかどうか思案にくれた。

文に視線を戻した。

〈……磐音、先走る事を許されよ。もしそなた一人か、おこん殿同道で関前帰着が可能ならば、藩の御用船に同乗されることも一つの方策かと考えおり候。

諸々の件、父は、在府中の実高様にもお許しを願う書状を差し上げ、殿のお許しを得た上、そなたらが決断致すならば、佐々木殿、今津屋殿、舅金兵衛殿に宛て改めて書状を認め、許しを乞うものなり。

この件や、いかに。至急返書を頂きたく候。正睦〉

と正睦は乱れた気持ちを込めて、短く、だが重い内容の書状を倅に書き綴ってきた。

磐音は何度か読み返し、気持ちを定めた。

豊後関前に戻り、嫡男の務めを果たす。だが、このこととおこんの気持ちは別だった。

磐音は庭の老梅に視線をやり、考えに耽った。

身辺が音を立てて動こうとしていた。座して待つのも一つの生き方と思った。だが、すべてが胎動しようというとき、磐音自ら動くのもわが道を切り開く方策かと考えた。

いつしか陽射しが西に傾きかけていた。

「待たせたな」

半蔵が戻ってきた。

「思案していたようだが、ご家老からなんぞあったか」

「家内のことにございます」

半蔵の返答はすぐに返ってこなかった。

「坂崎、殿も迷い、考えておられる。それがし、そなたの思案と殿の迷いは根が同じと推測いたした。なぜならば、殿もそなたも正睦様からの文を読んだ後のことゆえな」

磐音は黙っていた。

半蔵は御用部屋に座そうともせず磐音を誘った。

「坂崎、おれに付き合え」

「はっ」

磐音は行き先を尋ねなかった。推測がついていた。

果たして半蔵は磐音を、藩主実高とお代の方が憩う奥座敷へと連れていった。

磐音は廊下に平伏して、

「実高様、お代の方様のご尊顔を拝し、坂崎磐音、恐悦至極に存じ奉ります」

と挨拶した。

「磐音、堅苦しき挨拶はやめよ。そなたは武家奉公を勝手に辞めた市井の者ゆえな」

という冗談が投げられた。

「恐れ入ります」

「顔を上げ、近う寄れ。話ができぬ」

磐音は実高の再三の勧めにようやく顔を上げ、廊下から座敷に膝を進めた。

座敷にはすでに酒の用意がなされていた。

磐音はこのときようやく顔を上げ、実高とお代の方のお顔を拝した。磊落そうな口調とは裏腹に、二人の顔には寂しさとも哀しみともつかぬ感情が漂っていた。

「磐音、やはり関前には戻らぬか」

「殿」

「そなたが佐々木玲圓どのの養子に入り、道場を引き受けると正睦が知らせて参った」

「あっ！」

半蔵の口から驚きが洩れた。初めて聞かされる事実だったからだ。

「半蔵、驚くことではない。江都有数の道場、それも将軍家とも深い信頼と忠義に結ばれた佐々木家の養子、それも剣の腕を認められてのことだ。これ以上の出世はなかろう」

「いかにも」

「じゃが半蔵、なぜか予の胸は寂しさで一杯でな。なぜ明和九年の騒動の折り、磐音を外に出したか。悔やんでどうにもならぬ」

「殿、それがしも同じ心境にございます」

場に重苦しい雰囲気が漂った。それを救ったのはお代の方だ。

「殿、半蔵、なんじょう悲しまねばなりませぬのか。わが国家老の嫡男が江戸で大きな働きの場を授けられたのです。ここは磐音の出世に、祝いの酒を酌み交わしましょう」

「奥、いかにもさようであったな」

お代の方自ら膳部を三人の男たちの前に運び、銚子を手に取り、酌をした。

磐音の番が来て、お代の方が、

「今のうちに、おこんさんにお目にかかりたいものです。上様御側御用取次速水家に養女に参られたら、気軽に会えぬかもしれませんからね」

と言い出した。

「お代の方様、どういうことでございますか」

半蔵が訊く。

「磐音と夫婦になるために、おこんさんは一旦速水どのの養女となられるのです」

「なんとのう」

と感心した半蔵が、

「坂崎、これでいよいよそなたは将軍家、幕閣と親しい交わりが深まるな」

と歴代徳川将軍家に果たす佐々木家の陰の御用を察したように言った。

「中居様、それがし、改めて剣の道を志しただけにございます。神保小路と駿河台は近うございますれば、お代の方様、迷惑でなければおこんどのを伴うてご機嫌伺いに参ります」

「それはよい考えですよ」

実高は自らの胸の感情を鎮め、ようやく会話に加わった。

「国許の正睦から、磐音、そなたの一時の帰国と、おこんを連れて行く願いが出されておる。関前に参るか」

「父の文を最前読みましてございます。母はそれがしの他家養子入りをなかなか認めたがらぬ様子で、祝言前にそれがしとおこんどのに先祖の墓参を願うております」

「気持ちは分からぬではない」

と応えた実高が、

「おこんを伴うか」

と念を押した。

「この一件、おこんどのは未だ承知しておりませぬ。話し合いの上、決めとうございます」

頷いた実高が半蔵に、

「二人が関前に参るようならば、便船の船座敷を用意いたせ」

と命じた。畏まった半蔵が、

「いささか慌ただしいことになったな」

と磐音を見た。

「物事が動くときはこのようなものだ、半蔵」

と実高が言い、

「まずは磐音の出世、目出度い」

と音頭をとって盃の酒を飲み干した。

「こたびも御用船には鰹節、塩引き鯖、布海苔、若布、ひじき、荒布、いりこ、するめ、干鰯など海産物が主にございますか」

磐音は話題を自ら転じて、半蔵に訊いた。

「それじゃ」

と半蔵が得意そうに胸を張った。

「こたびは正徳丸の他にもう一隻借り上げて、二杯の千石船で荷を運んで参った。最前、若狭屋の番頭とも話したが、海産物は今までの実績もあり、こたびも順調に売れ先が決まっておる」

「それは祝着至極にございます」

「坂崎、試しにこれまで豊後の茸山師が丹精した椎茸を江戸に持ち込んでみた。それがなかなかの評判でな、こたびの船には豊後椎茸を満載して参った」

江戸時代前期から木に傷をつけて菌糸を付着させる栽培の技が発見され、豊後や伊豆界隈で栽培されるようになった。

中でも豊後椎茸は肉が厚く、味が濃くて格別に、

「冬茹」

と呼ばれて珍重された。

「冬茹ならば江戸の料理屋に受け入れられますぞ。よいところに目を付けられました」

「磐音、正睦が苦心の果てに捻り出した秘策ぞ」

と実高も胸を張った。

藩物産所の開設で藩財政が黒字に転じ、積年の借金の返済の目処がついた。そんなことが実高の顔の表情を和らげ、正睦に新たな商いの道を選ばせていた。

「なんとしても実高様のご決裁の賜物にございます」

この夕暮れ、身分の違いをつい忘れてあれこれと四方山話に花が咲いた。

四

磐音は俄かに重く変じた気持ちを胸に抱いて駿河台富士見坂を下った。

常陸土浦藩と山城淀藩の上屋敷の間を抜ければ、富士見坂の途中に大銀杏の木が聳え、幹元は常夜灯の灯りにうっすらと照らされていたが、青く茂った大銀杏の頂きは闇に溶け込んで見えなかった。

磐音の手には半蔵が持たせてくれた豊後椎茸の冬茹の包みがあった。

関前藩主の江戸屋敷の奥座敷での宴は終始和やかなものであった。

福坂実高は、磐音が尚武館佐々木玲圓道場柿落としの大試合に欠場した経緯や、またそれが大試合の途中で突然出場することになった理由を熱心に質し、

「そなた、身許不詳の刺客に襲われ、怪我をしたとな。不意を衝かれたとは申せ、不覚ではないか」

「怪我の身で大試合に勝ちを得たとは、さすが実高の家来である」

などと終始上機嫌で、辞去する折りには、

「磐音、そなたが関前に戻る前に、おこんを連れて屋敷に挨拶に参れ。よいな。そなたらはこの実高の国許に参るのじゃ、藩主に挨拶せぬという法はあるまい」

と何度も磐音に約定させ、お代の方に、

「殿、今宵はだいぶ御酒を過ごされたようでございます」

と注意を受けた。

奥座敷から下がった磐音を中居半蔵が、

「わが御用部屋で茶を飲んで酔いを覚ましていかぬか。他日のように刺客に襲われてもならぬでな」

と新しい御用部屋にまた誘った。

半蔵自ら茶を淹れ、磐音に供しながら、

「坂崎、関前に戻るな」

と念を押した。

「おこんさんの気持ちは別にして、それがしも佐々木家に養子に入る前に先祖の霊にこたびの一件のご挨拶はしとうございます。母もそれがしが墓参りをし、墓前に報告いたさば、それがしのことは諦めてくれることと思います」

磐音にはもう一つ秘めたことがあった。それが関前帰国を決しさせていた。

「女親というもの、とかく倅には甘いでな」

と半蔵が苦笑いし、なにか思い悩むように沈黙した。

「中居様、なんぞお話がございますので」

「うーむ」

とうわの空で返答した半蔵が、考えを纏めるように沈思を続けた。そして、

「坂崎、これはおれの推量でな、今一つ不確かなことだ」

「なんでございましょう」

磐音は坂崎家になにか隠された不安があるのかと危惧した。

「そなたらが主導しようとした明和九年の藩財政の改革は、宍戸文六一派の謀略で悲劇のうちに潰えた。いつも申すが、その犠牲は計り知れぬ。河出、小林ら有為の人材を失い、舞どのを亡くし、奈緒どのもそなたと別れる羽目になり国許を離れられた。その他にも大勢の人の命が奪われ、血が流された。一番の損失は、

間違いなくそなたを失ったことだ。坂崎、わずか五年前に起こった関前の悲劇の後に藩物産所が始動され、江戸屋敷にかような建物までお許しいただくほどに財政は回復した。殿が今宵、そなたのことに託けて御酒を召し上がられ、お酔いになった理由だ。この数年、格別なことがないかぎり、殿は一汁一菜に一品を付け加える程度の食事に耐えてこられた」

磐音は半蔵の言葉に、改めて関前藩が置かれていた財政危機と家臣団の奉公の気の緩みを思い起こした。

「ようも十年を経ずしてここまで再生したと思う。坂崎、そなたが江戸に出てならねばかような藩財政の好転はなかった。途中で口出しいたすでないぞ。そなたが今津屋をはじめ、若狭屋などと藩を繋げてくれねば、関前藩独力での再生はありえなかった。これは厳然たる事実だ」

半蔵は言葉を切り、茶を喫した。

「人というもの、熱い茶も喉元過ぎればつい忘れる愚かな生き物よ。その昔からただ今の関前藩の財政が続いておると勘違いする御仁も出て参る」

磐音は半蔵の危惧がおぼろに見えたと思った。

「江戸におるゆえ国許の事情は疎い。それを差し引いて聞いてくれ」

「畏まりました」

「こたびの船二隻の荷に粗悪な品が混じっておった」

「なんと」

「それがしが注意深く取り除いたで、若狭屋も気付いておらぬ」

磐音は頷いた。

「大きさの足りぬもの、風味の悪い粗悪な海産物が、ごく一部じゃが混じっておった。われらが藩物産所を興したとき、豊後から江戸に遅れて進出する以上、他藩のものよりよりよき品、値に見合った品質を最低限守り通そうと心に誓うた。それでなくば若狭屋も助勢してくれなかったであろう」

「いかにもさようでした」

「ようやく江戸でわが藩の物産が売れるようになった矢先、このような事態が起こった。由々しきことである」

「早急に手を打つべきです」

「国表で気の緩みが生じておることは確かじゃ。そなたに申すまでもないが、藩物産所は国許でよい品を生産し、それを江戸で正当な値で卸す販売の二つがうまくかみ合わさって、ようやくここまできたのだ。それが三、四年足らずで……」

半蔵は唇を嚙み締めてしばし言葉を止めた。

「江戸屋敷に座っておっても国許の風聞は伝わってくるものだ。関前の茶屋の撞木町が賑わいを取り戻し、藩士と御用商人が飲み食いしておる風景が多く見られるそうな。藩士と商人が茶屋に上がって商談することもあろう。一概にそれが悪いこととは、わが身に照らしても言えぬ。だがな、坂崎、それが癒着にいたるとどのようなことになるか、そなたに申すまでもあるまい」

「中居様、その事実を摑んでおられるのですか」

「はっきりとは摑んでおらぬ。だが、こたびの不祥事がそのことを物語っているような気がしてな」

「いかにも」

「坂崎、ご家老の文は、そなたとおこんどのの身の振り方のみを記されておられたか」

「はい」

「母御の心情に託してそなたの帰省をご家老が請われた裏には、国許の藩士の綱紀の緩みがあるような気がしてならぬ」

「父はそれがしになんぞ期待しておられるのですか」

半蔵は沈思した。

「ただ今の関前藩の財政好転は、間違いなくそなたがきっかけを作り、藩外から助けてくれたゆえここまで達したのだ。坂崎、それを途中で瓦解させてよいのか」

半蔵が磐音を睨(にら)んだ。

磐音が答えようとするのを手で制した半蔵が、

「それがし、関前藩の者ではございません、などと申すなよ。そなたは藩の外にあろうと佐々木玲圓どのの跡目を継ごうと、関前藩再建の礎の一つじゃ。数多の家臣を差し置いて殿がそなたと御酒を召し上がり、談笑なされるいわれだ」

「よい機会です、中居様。それがし、殿の御前に出ることを差し控えようと考えております。いえ、それがしの話もお聞きください。理由はなんであれ、藩の外に出た者が旧主と親しき交わりを続けること、他のご家来衆はどうお考えでございましょうか。気持ちよく思われぬお方もおられましょう」

「そなたが申したきこと半蔵とて分からぬわけではない」

「ならば……」

「坂崎、そなた、実高様のご心中を察したことがあるか」

半蔵の舌鋒(ぜっぽう)は鋭かった。

「藩というもの、何れも江戸家老派、国家老派、あるいは用人どのが家臣を集めて派閥争いを繰り返しているものよ。藩主は、どの一派に与(くみ)しても波風が立つゆえ、口を出したくともじっと我慢しておられる。それが幕府開闢(かいびゃく)百七十年余の藩主方の決まりごとになった。それがしは格別関前のことを言うておるのではないぞ。藩主はどなたも孤独なのだ。殿がお代の方様を交え、忌憚(きたん)なくそなたと談笑なされる意味だ。そなたは藩を離れ、剣という心の支えを持ち、市井の大商人(おおあきんど)から裏長屋の棒手振(ぼてふ)りまで広く付き合いがあり、さらには幕閣にも人脈を持っておる。実高様のご意向に添うことだけを考え、保身に走る家臣とは違い、話題もあれこれと豊かだ。時に江戸屋敷を訪ね、実高様とお代の方様と親しく話すことのどこが悪い。些細(ささい)なことを論(あげつら)う者はどこにもいるものよ。それより、実高様、お代の方様のお気持ちを斟酌せよ。それが坂崎家の忠義にも繋がろうぞ」

と半蔵が言い切ったのだ。

事は簡単ではない、世間は、糾(あざな)える縄の如(ごと)く複雑に絡み合っていた。

それが磐音の気持ちを沈鬱(ちんうつ)にしていた。

筋違橋(すじかいばし)御門の前に出た。

刻限は五つ半（午後九時）前後か。

柳原土手には涼をとる男女の姿があった。南側の町屋の戸を閉じた店前に縁台を出し、蚊遣りを燃やして就寝前の雑談に興じる人もいた。

磐音はそれでも気を引き締めた。

過日、物思いに耽りながらこの付近を通りかかり、刺客四出縄綱に襲われ、怪我を負わされていた。

その傷も癒え、稽古の賜物で筋肉の動きも旧に復していた。

過日の二の舞では、

「不覚」

では済まされなかった。

磐音は辺りに気を配りつつ浅草御門へと下りながら、四出縄綱を雇った人物に思いを馳せた。

四出とは、この柳原土手と両国橋上の二度にわたり戦った。

二度目の死闘では磐音が勝ちを得て、四出は欄干から大雨に増水した大川に転落し、姿を没した。

友の定廻り同心木下一郎太に届け出、亡骸が大川河口に漂着せぬかと南町奉行所の面々に注意を願った。だが、四出の亡骸は江戸湊の海へ流されたか、今もって発見されていなかった。

磐音は両国橋の戦いで四出に与えた胴斬り(ぎ)が致命傷であることを信じていた。

ゆえに四出の復活を危惧したわけではなかった。

だが、剣を交える最中、四出が洩らした言葉が磐音の胸の奥に潜(ひそ)んでいた。四出は雇い主を問う磐音の言葉に、

「そなたを邪魔に思うお方が城中におられる」

と答えたのである。

磐音はこの言葉を未だだれにも告げていなかった。

城中とは当然、徳川歴代将軍の居城、千代田城を意味した。

浪々の身の坂崎磐音が城中の行事に深く関与したのは一件のみ、日光社参に絡んでのことだ。

十代将軍家治は吉宗以来四十八年ぶりの日光社参を強行し、疲弊する世の中の建て直しを東照大権現家康の威光に縋(すが)って図ろうとした。

だが、幕府には社参に要する莫大(ばくだい)な費用の用意とてなく、江戸の両替商六百軒を束ねる両替屋行司(ぎょうじ)の今津屋らに助勢を依頼した。

また家治は継嗣の家基を密かに日光社参に同道させようと考え、その企ては数

人の家治御側衆によって実行された。

当時十五歳の聡明な家基の日光密行の警護に佐々木玲圓、坂崎磐音が従い、家基の日光行きを察知した城中の西の丸反対派が差し向けた刺客団と戦い、その企ての悉くを防いだ。

その折り、十一代将軍の座を約束された家基を暗殺しようと動いたのは、幕閣を父子で意のままにする田沼意次、意知と目されていた。

「そなたを邪魔に思うお方が城中におられる」

としたら田沼父子しかいない。

磐音はふと御城の方角を振り返った。

その瞬間、いつぞやとは違った気配を感じた。

ゆっくりと浅草御門の方角に目を戻した。すると一人の旅の武芸者と思しき者が立っていた。

塗笠は大きく破れ、骨が見えていた。その骨の間に数輪、夏薊が束ねて挿し込まれていた。

羽織はなく、袷の両襟も道中袴の裾も解れていた。背にわずかな持ち物を入れた道中嚢を負っていた。

腰には一剣だけが差し落とされていた。

常夜灯の灯りを背にして顔はよく見えなかった。角張った顎に白い髭が混じっていた。

がっちりとした体付きで身丈は五尺七寸余か、歳の頃は四十前後と推察された。

磐音とは十数間の間合いがあった。

ゆっくりと歩みながら、まさかの場合、冬茹の包みをどうしたものかと磐音は思案した。

「なんぞそれがしに御用かな」

「卒爾ながらお尋ね申す。そなたは坂崎磐音どのでござるか」

「いかにも坂崎磐音にござる」

礼儀を弁えた問いに丁寧に応じた。

「そなたと剣を交える謂れはござらぬ。されど、よんどころなき事情にてそなたの暗殺を引き受け申した」

「そなた様のよんどころなき事情、それがしを討つことで叶いまするか」

「旅路の果てに野垂れ死にした女房を、無縁仏とせずに済み申した」

「それはようござった」

磐音は心から喜んだ。

「そなた、不思議な御仁よのう」

「不思議にござるか」

「それがし、理不尽にもそなたを殺めようと、行く手に立ち塞がった者ですぞ。その者が不当にも得た金子で女房を弔ったと知り、心から喜ばれるとは、なんとも風変わりなお方じゃ」

「過日、同じこの場所で刺客に襲われ、不覚にも怪我を負わされました」

「雇い主かどうか知らぬが、さる人物から聞かされ申した。そなた、二度目の待ち伏せを受け、怪我の仇を見事に果たしたそうな。祝着にござる」

「そなた様もだいぶ変わっておられますな」

磐音が笑いかけた。

柳原土手には、まだちらほらと人の往来があった。だが、磐音と刺客の会話があまりにも和やかに見えて、だれもがこれから始まろうという闘争の予測もつかず、通り過ぎていった。

「われら、戦わねばなりませぬか」

「これも剣を志した者の道の一つと考えられよ」

と答えた相手は道中嚢の紐を解き、古着の露天商が土手下に片寄せていった屋台の上に置いた。

　磐音も冬茹の包みを別の屋台の上に載せた。

「それがしが敗北せし折りは、この包みを、この先の両替商今津屋のおこんと申す女子に届けてくだされ」

　と願った磐音は、

「万が一、そなた様が命を失われることあらば、道中嚢、どちらに届けますな」

　と訊いた。

「そなたらしい配慮かな」

　と笑った相手が、

「江戸には知り合いとてない。女房の亡骸は豊島村王子川河畔の西福寺に埋葬いたした」

「名乗られませぬか」

「姓名を名乗ったところでなんの意味がござろうや」

　と答えた相手が黒塗りの鞘に納まっていた剣を抜いた。

　定寸の二尺三寸より短い刃渡りだった。

磐音も一つ深呼吸をして包平の鞘を払った。こちらは二尺七寸である。長短に四寸以上の差があった。

「お願い申す」

「こちらこそ」

二人は最後の言葉をかけ合い、剣を構え合った。

期せずして相正眼（せいがん）を選んだ。

磐音はいつもの春先の縁側で年寄り猫が日向ぼっこをしている光景を想起させる長閑にも和やかな境地に即座に達し、構えた。

相手もまた無念無想、一剣に全存在を託した泰然たる構えに入った。

磐音はこれまで数多の剣客と戦ってきた。技量ならば眼前の相手より手強（てごわ）い者が何人かいた。だが、これほど剣の奥義（おうぎ）に悟達した相手はいなかった。

間合いは二間。

じりじりと相手が詰めてきた。

「えいっ」

「おうっ」

二人は気合いを阿吽（あうん）の呼吸でかけ合った。

その声に、往来する人々が初めて気付き、
「き、斬り合いだぜ」
「やめな。死んじゃあ、花実も咲かねえぜ」
と言い合った。
互いが最後の間合いを詰めた。
相手が正眼の剣を引き付け、磐音の肩に斬り込んできた。
磐音は正眼の剣を相手の喉元にそのまま伸ばして、相手の右から左へ刎ね斬った。
一つの動作を加えるかどうか、加えて刀の長短の差が勝敗を分け、生死を分かった。
ぱあっ
と包平の大帽子が相手の喉下を斬り裂いて、磐音はそのかたわらを駆け抜けた。
背で、
どさり
と柳原土手に斃れた鈍い物音を磐音は哀しくも聞いた。
磐音の目に、破れ笠から落ちた紅紫色の夏薊が散っているのが見えた。

第二章　夏の灸

一

磐音は大包平に血振りをして鞘に納めようとしたとき、戦いを見守っていた中に顔見知りの駕籠屋がいることに気付いた。

駕籠伊勢の参吉と虎松だ。

「南町奉行所定廻り同心木下一郎太どのの役宅を知らぬか。この一件知らせたいのじゃ。そなたらには造作をかけるが、それがしはこの場に残り、木下どののおいでを待ちたい」

参吉と虎松は今津屋の出入りで、吉右衛門の亡き先妻お艶の大山参りの際、二子の渡しまで行ったこともあった。

磐音も同道したので二人をよく承知していた。

「木下の旦那の家なら、よく承知だ。おれがひとっ走り行ってこよう。相棒、待ってろ」

と参吉が空駕籠と虎松を磐音の傍に残して、いきなり走り出した。

「この前もえらい目に遭ったと聞いたが、こいつは別口ですかい」

虎松が柳原土手に倒れた刺客の亡骸を見下ろした。かたわらに破れ笠が転がり、夏薊が散らばっていた。まだ瑞々しくも生気を保っていた。

うっすらとした常夜灯の灯りが亡骸と破れ笠を照らし、角張った顔から段々と生気が薄れていくのが見てとれた。

虎松は磐音が怪我を負わされた一件を承知していた。

「さよう。先の刺客とは決着がついておる」

虎松が磐音の顔を見て、

「旦那の商売も楽じゃねえな」

と同情した。

磐音と虎松は刺客の亡骸を見守りながら、ひたすら木下一郎太らが駆け付けるのを待った。

参吉が一郎太と御用聞きを連れて戻ってきたとき、すでに四つ半（午後十一時）を回っていた。野次馬はすっかり姿を消していた。

小者たちが亡骸を運ぶ戸板を持参していた。

「木下どの、夜分造作をかけて相すまぬ」

磐音は友に詫びた。

「これが町方同心の務めです。気になさることはありませんよ」

見知らぬ御用聞きが磐音にぺこりとお辞儀をして、手下が御用提灯を刺客の顔に向けた。

灯りに浮かんだ顔に、安堵とも笑みともつかぬ表情が漂っていた。

女房の弔い代に困って殺しを引き受けたという刺客の心情を、

「女房とあの世への道中ができる」

と喜んでいるのではないか、と磐音は勝手に察した。

「坂崎さん、参吉から道々殺し合いの経緯は聞きましたが、この者に心当たりはないのですね」

「初めて顔を合わせたお方です。なかなかの腕前でした」

一郎太が頷き、御用聞きに南茅場町の大番屋まで運べと命じた。

磐音は一郎太に、刺客の持ち物が破れ笠と道中嚢であることを伝えた。一郎太は道中嚢と笠を拾うと、戸板に載せられた亡骸の胸の上に置いた。

「ご足労ですがお付き合い願えますか」

磐音は頷くと、まだその場に残る参吉と虎松に、

「造作をかけた」

と詫びて酒代を渡した。

「旦那が謝る話じゃねえんだがな」

と答えた参吉が、

「あの包み、今津屋にでも届けておこうか」

と豊後椎茸の冬茹（どんこ）のことを思い出させた。

「おおっ、うっかり忘れるところであった。明日でよいゆえ、おこんさんに豊後椎茸だと申して渡してくれぬか。旧藩からの頂き物だ」

「あいよ、確かに今小町に渡すぜ」

と参吉が包みを空駕籠に載せ、米沢町の駕籠屋へ戻っていった。

深夜、大番屋で検視が行われ、刺客の推定年齢やら身体（からだ）の特徴が記録された。

陽に焼けた顔、発達した四肢、硬い足裏が、永の旅暮らしを想像させた。

持ち物が調べられたが、身分姓名が分かるような書き付けは一切残していなかった。懐の財布に一朱と数十文が、さらに道中嚢に五両の小判が残されていた。

「この小判が、坂崎さん暗殺の手付け金でしょうな」

「妻女どのの弔いに支払った残金でしょう」

二人は頷き合った。

一郎太は参吉らの証言で戦いの経緯もおよそ摑んでいた。磐音の証言も加え、調べ書きを作り終えたとき、八つ半（午前三時）に近かった。

「坂崎さん、ご苦労ついでに、豊島村西福寺にこの亡骸を届けませんか。この者も女房のかたわらに埋葬されることを望んでいるでしょう。それに、寺でなにか分かるかもしれません」

「承知しました」

急ぎ御用船が用意され、亡骸は戸板ごと船に乗せられた。

一郎太と磐音に同道するのは御用聞きの手下二人だ。

御用船は南町奉行所の提灯を点(とも)して南茅場町の船着場を離れた。まだ暗い日本橋川から大川へ出た船は、上流へ舳先(へさき)を向けた。

「関前藩邸訪問はいかがでしたか」

一郎太が訊いた。もはや町方役人の調べではない。

「藩の便船二隻が佃島に到着しましてね、やはり父の書状が届いておりました」

磐音は懐の文を無意識のうちに確かめた。

「国許はお変わりありませんか」

一郎太は遠回しに佐々木家への養子の一件の諾否を問うた。

「父上は改めて、もはや関前藩はそなたの戻るべきところではない、それがしの選んだ道を歩め、坂崎家のことは案ずるなと書いてよこされました」

「それはよかった」

「ただ一つ、おこんさんと所帯を持つ前に先祖の墓参に戻ってくるよう母上が強く願うておられますそうな。その折り、おこんさんも同道できないかとも書かれておりました」

「豊後関前か」

と一郎太は、片道四十数日もかかる西国関前城下への道中を思ってか、呟いたが、

「おこんさんは必ず承知されますよ」

と言い添えた。

「藩では御用船に同乗してもよいと言っております」

「船旅か。悪くないですね」

「おこんさんが船酔いせぬか、いささか心配です」

「こればかりは相性のようです」

刺客の亡骸を乗せた御用船が、戸田川に流れ込む王子川との合流部に到着したのは、うっすらと夜が明け始めた刻限だった。

隅田川が戸田川と呼び名を変えた川の左岸は足立郡（あだちごおり）、右岸が豊島村だ。

御用船の船頭は心得て王子川へと乗り入れた。王子川の川面から朝靄（あさもや）が立ち昇り、幻想的な夏の朝が到来しようとしていた。

田圃（たんぼ）や畑の間を流れる王子川は、王子権現付近で音無川（おとなし）、さらに上流に上れば石神井川（しゃくじい）と名を変え、水源は小平村（こだいら）の窪地（くぼち）だ。

合流部から数丁上がったところに土橋があって、杭（くい）と板が一枚渡された船着場があった。西福寺はその側（そば）だった。

御用船はその船着場に寄せられ、舫われた。

船頭と小者らが戸板の亡骸を船から運び上げ、西福寺に運び込んだ。

この西福寺は、郷士豊島清光の娘の悲劇に由来する。娘は嫁入り直後になぜか投身自殺を図った。嘆き悲しんだ父の清光が追善のため阿弥陀仏六体を西福寺をはじめ近隣の寺院に安置したのが始まりとされる。

朝靄の中、黙々と亡骸を運んで西福寺の山門を潜（くぐ）った。すると本堂から勤行（ごんぎょう）の声が聞こえてきた。

戸板の亡骸は一旦本堂の階段下に置かれた。

人の気配に、読経（どきょう）をしていた僧侶が小さな声に変えながら振り向き、町方同心の姿を見て立ち上がってきた。

「和尚（おしょう）、勤行の邪魔をして相すまぬ」

読経をやめた住職の視線が亡骸の喉元の斬り傷に張りついた。

「この者に覚えがござろうな」

住職がこくりと頷いた。

「岸和田富八（きしわだとみはち）様にございますよ。たれに殺されなされた」

と住職が一郎太を見た。

一郎太が返答に迷った。

「御坊、それがしにござる」

「そなたが」

一郎太が掻い摘んで岸和田富八の死の顚末を告げた。

「なんと、そなたを殺めようとして反対に返り討ちに遭われたか」

と返事をした住職が、

「そなた、岸和田どのと面識はないのですな」

「ございませぬ。岸和田と申されるお方、たれぞにそれがしの殺しを頼まれたものと思えます」

沈思した住職がどこか得心した体で頷き、再び経を唱え始めた。そして、

「亡骸を湯灌場に運び、清めてきなされ」

と命じ、裏手の井戸の脇の湯灌場を指し示した。

磐音は腰から包平を抜くと小袖を下げ緒で襷にして、自ら岸和田富八の体を清めた。一郎太も手伝い、拭き清めた亡骸に、小僧が持ってきた死に装束を着せた。寺に棺桶の用意はなかった。そこで再び戸板に寝かせられ、本堂に上げられた。

朝の勤行は岸和田富八の枕経に変わった。

一郎太と磐音は住職の読経をそのかたわらで黙然と聞いた。

その四半刻（三十分）後、一郎太と磐音は庫裏で西福寺住職清宝の話を聞いた。

「拙僧も岸和田富八様、おあん様夫婦のことを昔から知っていたわけではございませんでな。通旅籠町（とおりはたごちょう）の知り合いの口利（くちき）きでおあん様の亡骸を岸和田様が猪牙で運び込んでこられたのです。そのとき初めて会いましたのじゃ。七日前でしたかな。その折り、岸和田様はおあん様の供養代も持ち合わせておられんでな、しばし時を貸してくれ、必ず永代供養料は届けるからと申されて、一旦江戸に戻られた」

清宝は若い修行僧の淹れた茶を喫して喉（のど）を潤した。

「昨日の昼下がり、飛脚が岸和田様の文と一緒に金子を届けて寄越しました。それがこのようなことになるとは……」

「文にはなんと」

「弔い代が遅くなったことを詫びたものです。五両でなんとか永代供養をしてくれと願う文でした」

岸和田が道中嚢に残していた五両と合わせ、十両が磐音の暗殺代と思えた。

「岸和田どのの生国はどちらでござるか」

一郎太が尋ねた。

「丹波（たんば）園部（そのべ）藩に関わりがあったと言うておられました」

「園部藩二万七千石か。たしか藩主は小出様であったな」

さすがは町廻りだ。二百何十家の大名家のおよそを諳んじていた。

「おあんどのは病で亡くなられたのでございますか」

磐音が訊いた。

「旅の疲れからでございましょうな。労咳を患い、通旅籠町の木賃宿で亡くなられたとか。なんでも二人は幼馴染みとか言うておられました」

と答えた清宝が、

「そなた様には気の毒じゃが、岸和田様はおあん様を追って、死に場所を探しておられたのかもしれませんな」

と言った。

岸和田富八の亡骸はおあんとともに埋葬されることになった。御用聞きの手下二人が、住職に話を聞く間に墓穴を掘っていた。

急ぎ用意された早桶に入れられた岸和田富八の亡骸は、女房おあんのすぐかたわらで永遠の眠りに就くことになった。

磐音はそのとき、おあんの土饅頭の側に夏薊が朝の光を浴びているのに気付いた。

昨日、対決した岸和田の破れ笠に挿されていた夏薊は萎(しぼ)んではいなかった。岸和田は磐音暗殺を前に、密かにおあんの墓を訪れたのではないか、磐音はそう思った。

簡素な弔いが終わったとき、すでに五つ半（午前九時）に近かった。

磐音らは再び御用船に乗り、黙したまま江戸へ戻っていった。

両国橋が見え始めたとき、一郎太が磐音だけに聞こえる声で言った。

「坂崎さん、この間から二度も柳原土手で刺客に襲われましたね。いや、両国橋上の四出縄綱との二度目の対決があるゆえ三度目か。四出、岸和田を雇った人物に心当たりがありますか」

磐音は顔を横に振った。

幕閣を恣(ほしいまま)にする田沼意次がその人物ならば、町方同心木下一郎太を巻き込むわけにはいかなかった。

「ないのですか」

一郎太はなにかを察したように、それ以上尋ねようとはしなかった。

「今津屋に立ち寄って参ります」

御用船が両国橋下の船着場に寄せられ、磐音一人が降りた。

「木下どの、徹宵をさせてしまいましたね」

「お互いさまです」

一郎太が明るく言ったところで御用船が船着場を離れた。

両国西広小路には朝市が立ち、野菜などが売られていた。夏の光のもと、日々の暮らしが始まっていた。

磐音は重い疲労を感じた。

だが、今津屋の店先に立ったとき、顔に疲労の色を見せまいと、

「お早うございます」

と腹の底から声を張り上げた。

帳場格子にでんと座り、江戸両替商六百軒の筆頭今津屋の内外を取り仕切る老分番頭の由蔵が、

「坂崎様、ご苦労さまでしたな」

と言うと目顔で台所に行くよう合図をして、隣に座る筆頭支配人の林蔵らに店を託する言葉を残し、立ち上がった。

今津屋の広い台所では女衆が一時の休憩を取っていた。

「おや、坂崎様だ」

「今、老分どのも参られる」

磐音が包平を手にどっかと板の間の夏座布団に腰を下ろしたとき、声を聞いたか、奥からおこんが飛んできた。そして、磐音に異変がないか体じゅうを見回した。

「おこんさん、かすり傷一つ負うておらぬ」

おこんは磐音の言葉に重い疲れを感じ取った。

「夜明ししたの」

由蔵も姿を見せた。

「駕籠伊勢の参吉と虎松が朝一番で店に飛び込んできましてな、柳原土手での斬り合いを興奮の体で話していきましたよ」

磐音は、一郎太と一緒に南茅場町の大番屋から岸和田富八の亡骸を豊島村の西福寺に運び、女房の墓のかたわらに埋葬したことを説明した。

「坂崎様らしゅうございますな。殺そうと斬りかかってきた御仁の弔いまでなされましたか」

由蔵が呆れた口調で言った。

「どうして坂崎さんばかりがそんな目に遭うの」

おこんの問いには怒りとも悲しみともつかぬ感情があった。

「はて、どうしてかな」

と答えた磐音は話題を転じた。

「椎茸は届いたかな」

「駕籠伊勢の二人が届けてくれたけど、仔細がはっきりしないの」

「それがしの説明が足らなんだか」

磐音は関前藩の御用船が佃島沖に到着したことなど、事情を説明した。

「豊後椎茸のことは聞いたことがあるけど、目にするのは初めてよ。きっと江戸で評判を呼ぶわ」

とおこんがようやく顔を和ませた。

「坂崎様、お屋敷に呼ばれたということは、なんぞ国表からございましたか」

「父から返書が参りました」

おこんが今度は、
はっ
として身を竦ませた。

「父はそれがしが佐々木家に入ることを喜んでくれました。ですが、母が坂崎家の行く末を憂えているとか、佐々木家に入る前に一度関前に戻り先祖の墓参をせぬかと書き送ってまいりました」

「無理もない。お帰りになりますか」

「藩では御用船に同乗せぬかと勧めてくれました」

「急だわね。お土産（みやげ）、なにを用意したらいいかしら」

とおこんが気を回した。

「おこんさん、頼みがある」

おこんが磐音を見た。

磐音は懐から正睦の書状を出すと、

「父からの文を読んでとくと考え、返答をくれぬか。そなたがどのような決断を下そうと、それがしは一向に構わぬ」

と差し出した。

二

磐音は夕暮れの黄金色に染まった光が射（さ）し込む今津屋の座敷の一室で目を覚ました。

腹が減ったとまず感じた。

磐音は深川六間堀の長屋に戻ろうと思ったのだが、由蔵もおこんも今津屋の一室で仮眠をとるように引き止めた。

おこんに半ば強引に湯銭と手拭いと着替えを持たされ、近くの加賀大湯に行かされ、さっぱりしたところで眠りに就いた。

豊後関前藩の江戸屋敷で酒を馳走になって以来、何一つ口にしていなかった。腹の皮が背につくとはこういうことか。

だが、空腹感が磐音には爽やかに思えた。

おこんが部屋の隅の乱れ箱に着替えを用意していてくれた。昨日、着ていた小袖と袴には、戦いの痕跡の血が点々と付着していた。おこんはそのことに気付き、手入れをさせるという。

白地の絣を着て帯を締めたところにおこんが姿を見せた。

「皆様が働きになっておられるかたわらでなんとも不謹慎じゃが、よう寝た」

「ご機嫌はいかが」

「腹が減っているが、それがなんとも爽快じゃ」

「寝ていてもお腹が空くのね」

「昨夕、お屋敷で酒を馳走になって以来、食べ物を口にしておらぬでな」

「まあ」

おこんが呆れ顔で磐音の顔を見た。

「柳原土手から大番屋、大番屋から豊島村の西福寺、その後、こちらにお邪魔したでな、食べる暇がなかった」

「こちらに来たとき、そう言えばよかったのに。まさかお腹を空かして駆け回っているなんて考えもしなかったわ」

と気の毒そうな顔をしたおこんが、

「旦那様とお内儀様がお待ちよ。すぐにお膳を用意するから奥に行ってて」

と磐音を奥へ送り出した。

江戸の金融界を束ねる両替屋行司の今津屋吉右衛門は帳簿に目を落とし、そのかたわらでお佐紀(さき)が産着を縫(ぬ)っていた。そのお佐紀の体付きがなんとなくふっくらと見えるのは、懐妊四月(よつき)を過ぎたせいか。

「日中、働きもせず他人(ひと)様のお宅で昼寝を貪(むさぼ)るなど、真に不愉快なことにございましょう。相すみませぬ」

磐音が廊下に座して詫びると、

「なんのことがありましょう。それより坂崎様は、理不尽にもどなたかが雇われた刺客にまた柳原土手で襲われたというではございませんか。ご丁寧にもその刺客の亡骸を西福寺まで届けられ、自ら湯灌までなされたとか」

「ようご存じですね」

「最前、木下様が店にお立ち寄りになり、老分さんに話していかれました」

「なんと、もう木下どのは町廻りに出ておられますか」

「いえ、非番月ゆえ町廻りはないようです」

と吉右衛門が応じるところに、おこんと女衆が膳を運んできた。

「旦那様、お内儀様。坂崎さんは、昨日関前藩のお殿様と奥方様に酒を馳走になって以来、一口も食べずに江戸じゅうを走り回っていたそうです」

「おやまあ、坂崎様は人一倍お腹が空きやすいお方でしたね、さぞ空腹にございましょう」

とお佐紀も慌てて縫い物の道具を片付け始めた。

磐音は膳を運んできた女衆の中に、おそめの妹のおはつが混じっていることに気付いた。

「おはつちゃん、いよいよ奉公に参ったか」

緊張の面持ちで磬音の前に膳を置くと、小鉢と皿がぶつかって鳴った。

「あっ、どうしましょう」

と泣きそうになるおはつに、

「おはつちゃん、どのようなことでも最初からうまくはいかぬ。お内儀どの、おこんさん方を見習うて、一つひとつ丁寧に身に付けることだ」

磬音はそっと小鉢と皿を離した。

「はい」

と答えるおはつにお佐紀が、

「おはつ、坂崎様のおっしゃるとおりです。急いでかたちばかりを真似(まね)たことはすぐに忘れます。丁寧に頭と体に身につけた仕草は一生もの、それが大事なのですよ」

と言い添えた。

「三日前から奉公に上がったの」

とおこんが説明した。

「おはつちゃん、近々幸吉を連れておそめちゃんに挨拶に参る」

磬音の言葉におはつはただ頷いた。まだ姉の身辺に気を配るまでの余裕はなかった。

おはつらが下がり、交代に由蔵が姿を見せた。

今津屋の奥座敷に主夫婦、老分番頭、奥付きの女中、それに磐音の五人が残った。

「おそめちゃんに挨拶とはまたどういうこと」

おこんがまずそのことを気にした。

「報告が遅くなりました。それがし、昨日を以て宮戸川の鰻割きの仕事を辞することになりました」

磐音は鉄五郎親方との会話の一部始終を告げた。

四人は思い思いに磐音の決断と鉄五郎の判断の意味を考えて沈黙した。

「さすがは宮戸川を一代であれほどの店に育てた親方ですな。坂崎様の迷いを見抜き、昨日限りの奉公と決心なされたのは、実に当を得たことと思います」

由蔵が言い、吉右衛門が頷き、お佐紀が、

「坂崎様、ご苦労さまでした」

と労った。

「それにしても宮戸川を辞めたことをおそめに報告に行くとは、またどういうことですかな」

　と由蔵がそのことに言及した。

「老分さん、坂崎さんは深川六間堀を引き上げようと決心なさったのだと思います。だから、深川で深い交わりを続けてきたおそめちゃんに断りを言いたいのではないでしょうか」

「おこんさん、坂崎様は早、佐々木家へ養子に入られますか」

　由蔵の問いにおこんが磐音を見た。

「いえ、そうではございません。佐々木道場では師範の本多鐘四郎どのが道場の住み込みをやめて外に出られます。ならば宮戸川を辞したのを機にそれがしが道場のお長屋に引き移り、本多様の代役を務めようかと考えました」

「佐々木先生も若い門弟衆もお喜びでしょうな」

「未だこのこと、佐々木先生にも金兵衛どのにもお断りした話ではございません。鉄五郎親方の一言で動き出した話です」

「物事が動くときはそんなものかもしれませんな」

　と由蔵が言い、それまで沈黙していた吉右衛門が、

「坂崎様、昨日、お殿様にお会いになったとか。また、関前藩の御用船が江戸に

到着したそうですね」

「旦那様、この煮物の椎茸は船に積まれてきたものです。豊後産の冬茹と申す上物の椎茸にございますそうな」

とおこんが口を挟み、吉右衛門がちらりと冬茹を見て、

「お父上からご返書がございましたか」

と磐音に訊いた。由蔵が小さく、あっと思い出したように驚きの声を洩らし、

「そうでした、それが肝心なことでした」

と呟いた。

磐音がおこんを見た。

おこんが姿勢を正すと、

「坂崎さん、旦那様方の前で私の決心を披露(ひろう)してようございますか」

と断った。

磐音が頷いた。

「坂崎さんへ宛てられた正睦様の書状を、今朝、坂崎さんが私に渡されまして、文を読んだ上でその答えが欲しいと言って眠りに就かれました」

「関前からなんと言ってきたのです」

由蔵が急かした。

「正睦様は坂崎さんが佐々木家に養子に入り、また私と所帯を持つことをお認めになられております。ですが、母上様は未だ嫡男の坂崎さんが他家に養子に入り、私と所帯を持つことに決して得心なされたわけではなく、思い惑う心中とお察しいたします」

「おこんさん、母はそれがしが選んだ道を拒んでおられるのではないのだ。ただ女親の気持ちで、関前藩を襲うたお家騒動の煽りで藩外に出た倅を不憫に思うておられるだけなのだ。母上はなにしろ豊後関前しか知らぬ方ゆえ、江戸でそれがしが皆様に温かくも支えられ、暮らしを立てておることをご存じないのだ」

「分かっております」

二人の会話を吉右衛門、お佐紀、由蔵が見守っていた。

「坂崎様、おこん、正睦様はなにを望んでおられるのでございますな」

「お答え申します」

とおこんが言い、

「坂崎さんが佐々木家と養子縁組をする前、私と所帯を持つ前に一度関前藩に戻り、先祖の墓参をしてほしいと願っておられるのです」

「当然のことですぞ」

由蔵が即座に言い切った。

「そして、できることなら私にも、関前への帰省に同道してもらえぬかと望んでおられます」

「おおっ、そういうことでしたか」

と由蔵が驚きの言葉を洩らした。

祝言も挙げぬ娘を同道して遠い国許まで墓参りに来てくれぬかという申し出など、まず聞いたことがないものだった。

しばし沈黙が座を支配した。

「おこんさんの気持ちはあとで伺います。父親の金兵衛様のお気持ちを考えると、嫁入り前の娘にご無理な願いとも思えます。ですが、関前城下で運命に翻弄される坂崎様の流転の人生を見守ってこられたお母上の心情も、私には察せられます」

「お内儀様、私は坂崎さんに従い、関前に参り、お母上の照埜様に直々にお許しを願う決心をつけました。その結果、どのような道を歩もうとも、悔いはございません」

　吉右衛門が膝をぽーんと叩いた。

「よう言いました。それでこそ今津屋を切り盛りしてきたおこんです。申すまでもないことですが、おこん、そなたには坂崎磐音様がついておられるのです。なんの心配もありませんぞ」

「はい」

「旦那様、坂崎様とおこんさんは、もはや深い信頼に結ばれた仲です。国表の関前に旅したところで、それが変わるはずもございません。坂崎様のお母上もおこんさんに会えば、坂崎様の嫁に相応しいと認められますぞ。間違いございません」

　と由蔵が言い、

「老分どの、母はおこんさんになんぞ不満を申しているのではございません。それがしが他家を継ぐことに得心がいかぬのです」

「いかにもさようでございましょう。こればかりは坂崎様とおこんさんが関前に参り、とくとお話し合いになることが肝心にございますよ」

　由蔵もようやく得心したように言った。

「坂崎様は佐々木家に入られた後も、御用旅であちらこちらに参られましょう。

一方、おこんはそうもいきますまい。神保小路の佐々木家と道場を切り盛りする大仕事が待ち受けておりますし、江戸を離れる機会など滅多にございますまい。この際、西国見物をすると思えば、後々のよき経験ではございませぬか」

と吉右衛門が笑みを浮かべた。

「なら坂崎様とおこんさんの新たな門出を祝しまして、旦那様、御酒をどうぞ」

とお佐紀が男衆に盃を回した。

「お佐紀、おこんにもそなたにも盃をな、お祝い事です」

と盃が五人の男女に回され、酒を注ぎ合った。

「坂崎様とおこんの新しき船出に」

と酒に万感の思いをこめて五人は飲み干した。

「坂崎様、急がせるようですが、いつ出立なさいますな」

「まず明日、佐々木先生のお許しを得るのが先決かと存じます」

「それは当然です」

「殿も中居様も、藩の御用船に乗っていかぬかと勧めてくださいました。東海道を下るよりどれほどか楽にございましょうが、おこんさんは船旅をどう思うておる」

磬音がおこんを見た。

「坂崎さんのお決めになったことに従います」

おこんが即答した。

「船旅とは考えもしなかった。いつ出立ですな」

「半月後には出帆するとのことです」

「慌ただしいことになりましたな、旦那様」

と由蔵が吉右衛門を見た。

「旦那様、お内儀様、かようにも早い旅立ちとは考えもしませんでした。豊後関前の往復となれば、幾月もかかりましょう。そのような勝手を言ってよいものでしょうか」

「おこん、そなたは近い将来速水様のお屋敷に養女に入る身です。坂崎様が宮戸川を辞められたように、おこんも早晩お店奉公を辞さねばなりません。よい機会です、この豊後行きを機に今津屋から身を引きませぬか」

おこんの顔に険しい表情が漂った。まさかこのようなかたちで今津屋を辞めることになるとは考えもしなかったからだ。一瞬、胸の中を様々な葛藤が駆け巡ったが、おこんの顔にゆっくりと落ち着きが戻ってきた。

「旦那様、お内儀様、老分さん、永のご奉公でございましたが、旦那様がおっしゃるとおり、よい機会かと存じます」

「おこん、明日にも金兵衛どのと相談してきなされ」

「はい」

と畏まったおこんは、台所に去りかけた。

「おこんさん、そなたが豊後関前行きを決心したとなれば、同道してほしいところがある」

「道場ですか」

「いや、殿がな、おこんを一度屋敷に連れて参れ、実高の国許を訪ねるに藩主に挨拶せぬという法はあるまいと仰せでな。お代の方様もおこんさんと会うことを楽しみにしておられる」

「私がお殿様に、福坂実高様にご挨拶するのですか」

おこんが両目を丸くした。

「おこんさん、これはよい手かもしれません。そなたは形式とはいえ、上様御側衆速水左近様の養女になられる身。実高様と知り合うておられたほうが万事好都合です。さらにはお国に参られた折り、すでに実高様と面会が叶うているとなれば、お母上もそうそう無理はおっしゃらないでしょう」

　と由蔵が大きく首肯した。

「宜しき折りにご挨拶に伺います」

　と答えておこんは台所に引き下がった。

「老分さん、おこんがうちに来て何年になりますな」

「早いもので十年が経ちました」

「十年ですか。おこんがいなくなるとうちも変わりますな」

「旦那様、私もおこんさんがおられることをよいことに、安穏に過ごさせてもらいました。これを機に、しっかりとおこんさんの代わりを務めさせていただきます」

「お内儀様、お気持ちだけいただいておきます。と申すのも、ただ今のお内儀様の大事は、お腹のやや子を無事にお産みになることですからな」

「老分さん、小田原のお百姓や漁師の女衆は産み月のその日まで働きます。そのほうがお産は軽いともいいます。体を動かしていたほうが私も気が楽にございます」

　と答えたお佐紀が言い出した。

「明日、早速呉服屋さんに参ります」

「呉服屋ですと。呼べばよいでしょう」

「旦那様、内祝いになんぞおこんさんの衣装を誂えとうございます」

「そうでしたか」

「供にはおはつを伴います」

と答えたお佐紀が、

「坂崎様、しばらくこのこと、おこんさんには内緒に願えますか」

と頼んだ。


この夜、磐音は今津屋に泊まった。

磐音が就寝しようとすると廊下からおこんが声をかけた。

「もう休んだの」

「いやまだだが」

「正睦様の文を返しに来たわ」

「入られよ」

緊張の面持ちのおこんが座敷に入ってきて、正睦の書状を差し出した。

「よう決心してくれた」

おこんが磐音を見た。

「法師の湯でも誓うたな。われら、どんなことがあろうと二人で歩むと」

「そのことを案じてるんじゃないの」

「ではなんだな」

おこんの面に漂う不安を訊いた。

「こんは幸せすぎます。それが怖くて」

磐音は書状を受け取るとおこんの肩を抱いて引き寄せた。二人の間に信頼の温もりが通い合った。

「苦労も幸せも、ともに乗り越えて参ろう」

「はい」

静かな夜が更けていった。

三

尚武館佐々木玲圓道場では、道場の増改築と柿落としに催された勝ち抜き大試合が評判を呼び、急に入門者が増えていた。

この朝、磐音は通いの門弟たちが姿を見せる半刻（一時間）以上も前に道場に到着し、自らの稽古に汗を流した。半刻も過ぎた頃か、住み込み門弟らが姿を見せて、

「坂崎、もう出ておったか。宮戸川にはこれから参るのか」

と本多鐘四郎が訊いた。

「師範、宮戸川の鰻割きは辞しましてございます。これからは剣術に専念いたします」

「なに、辞めたか。それはご苦労であったな。おれもこれで安心して道場を退くことができるというものだ」

「師範、あとで相談がございます」

鐘四郎が頷き、

「稽古を続けよ、掃除はわれらが行う」

と磐音に稽古を勧めた。

「いえ、汗を流し、筋肉は解しました」

鐘四郎と磐音も住み込みの若い門弟らに交じって、大きくなった道場の拭き掃

除に取りかかった。道場が清められた頃合い、佐々木玲圓が道場に現れ、通いの門弟たちも続々と詰めかけて、江都一の剣道場に気合いの声が響き渡った。

「坂崎、宮戸川を辞したか」

朝稽古の盛りの刻限が過ぎ、偶々、見所前で顔を合わせた玲圓が訊いた。

「一昨日を持ちまして鰻割きを終えましてございます」

「何年務めたな」

「五年にございます」

「よう辛抱したな。なんでも修行じゃ。鰻割きの五年が何れそなたになんぞ齎してくれよう」

と労う玲圓に、磐音はお許しを得たいことがあると願った。

「ならば朝餉を共にいたそうか。鐘四郎にも関わることとなれば、本多の膳も奥に用意させよう」

「お願いいたします」

朝稽古は四つ半（午前十一時）の頃合いに終わった。

磐音が新しく設けられた洗い場に行くと、痩せ軍鶏こと松平辰平やでぶ軍鶏こと重富利次郎らが諸肌脱ぎになって汗を拭っていた。

「坂崎様、利次郎のやつ、濡れ手拭いで何度擦っても汗は落ちませんよ。臭いったらありゃしない。これまでどおり井戸端で水でも被ったほうがいい」

「なにをぬかすか、辰平。それがしの汗の匂いを芳しいと申される女性が世の中にはおられるのだぞ。それを嗅げるだけでも光栄に思え」

「おや、そなたに、そのような女の知り合いがおるのか」

鐘四郎がつい口を挟んだ。

「師範、いたらいいなという話です」

「一本取られた。こやつらの体じゅうから発散する青臭さは敵わん。坂崎、井戸端に参らぬか」

磐音と鐘四郎は庭の井戸に行き、釣瓶で水を汲み上げ、桶に移して汗を拭った。

「師範、朝餉は先生の座敷で共に食すことになっております」

「うーむ」

と答えた鐘四郎が、

「先生とともに朝餉を食する機会もなくなるな」

と感慨深そうな声を洩らした。

「これからはお市どのと差し向かいですか」

「舅(しゅうと)、姑(しゅうとめ)どのがおられるわ」

鐘四郎が苦笑いした。

身嗜(みだしな)みを整えた二人が母屋の座敷に行くと、まず茶が運ばれてきた。盆に三つ茶碗を載せてきたのはおえいだった。

「お早うございます」

「朝稽古、ご苦労さまでした」

と朝の挨拶を交わし合った。

「おえい、坂崎が、なんぞ相談があるそうじゃ」

玲圓は磐音が説明するきっかけを作った。

「私もよろしいのですか」

と問い返すおえいに、

「おえい様にも師範にも聞いていただきとうございます」

と応じた磐音は、豊後関前から齎された事情を告げた。

ふむふむ
と相槌(あいづち)を打ちながら話を聞き終えた玲圓が、

「そなたの母御のお気持ち、分からぬではない。坂崎家の大事な嫡男を譲っていただこうという話じゃ。それがしもいつ書状を関前に差し上げようか考えておったところだ。坂崎、それがしも書状を認める。それを持参して関前に墓参に戻って参れ」

「おまえ様、本来ならばうちから申し出ることでしたな」

「いかにもわれら、道場の増改築に追われて迂闊であった。書状にも認めるが、そなたからもそれがしの失態を詫びてくれ」

玲圓が自らに言い聞かせるように言った。

「坂崎、おこんさんを同道いたすのだな」

「師範、おこんさんは参ると答えてくれました。本日、金兵衛どののところに話に行っております」

「坂崎、いつ江戸を発ちます」

おえいはそのことを気にかけた。

「藩御用船同乗となれば、半月後には出立することになりましょう」

「おや、大変忙しいことになりましたぞ、おまえ様」

磐音は玲圓を正視し、

「佐々木先生。師範が長屋を去られ、それがしが関前帰国で抜けるとなると、尚武館が手不足になりましょう」

　玲圓が答えようとすると、

「坂崎、それがし、しばらく長屋を出るのを待ってもよいぞ。そなたが江戸に戻るまでな」

　と鐘四郎が言い出した。

「本多、そなたの気持ちは有難いが、依田家の心積もりもある。そなたは予定どおりに道場を退け。坂崎の留守の間くらい、それがしが率先して指導に当たればよいことじゃ」

「先生、無理を申します」

「本多鐘四郎、先生のご指示ゆえ道場は出ますが、朝稽古には必ず通って参りますから、お断りにならないでください」

　と二人が言い合った。

　船旅の話や関前城下のことなどを話題に、一同は和やかにも朝餉を済ませた。

　磐音はその足で今津屋に急ぎ戻った。

　おこんがまだ六間堀から戻っていないようなら、金兵衛に自ら願おうと考えてのことだった。すると由蔵が、

「おこんさんはもう戻っておりますよ」

とにこやかに笑いかけた。

その笑顔が金兵衛の返事を予測させた。

「玲圓先生はなんとおっしゃいました」

「快くお許しをいただきました」

「よし、これですべて旅のお膳立ては済みました」

由蔵はまるで自分が旅にでも出るような顔付きで言った。

磐音が台所に行くとおこんが昼餉の膳の仕度をしていた。その張り切りぶりからも金兵衛の反応は推察がついた。

「金兵衛どのは了解なされたか」

「了解もなにも、おめえはもう坂崎さんにやったんだ、関前だろうが天竺だろうが亭主の行くところに齧りついていけ、決して離れるなって、それだけよ」

頷いた磐音は金兵衛の心のうちを察することができた。

「佐々木先生のほうはどうだったの」

「先生、おえい様、本多師範からも快いご返事をいただいた。師範はそれがしが関前から戻るまで住み込みを延ばしてもよいとまで言われた」

「それはお気の毒よ」

「先生が、本多は予定どおり事を進めよと申し渡された」

「よかった」

由蔵が姿を見せて、

「お屋敷からお使いが見えてます」

と店から台所に通じる三和土廊下のほうを見た。すると背に大荷物を負った早足の仁助が戸惑った顔で土間に姿を見せた。

「仁助、久しぶりじゃな」

磐音の声に仁助がほっとした表情で顔を崩し、

「中居様から、今津屋に参れば坂崎様に会えようと言われ、参りました」

と背中の大荷物を板の間の上がりかまちに下ろそうとした。

磐音が手伝い、荷を受け取った。

江戸から豊後関前城下まで二百六十余里、参勤行列は三十五、六日から四十日を要した。この距離を仁助は、馬や駕籠を乗り継いでの早打ちと同じ十二、三日で駆け通すことができた。早足の名の由来だ。

「なにを抱えて参った」

「領内で産した乾物やら椎茸やらでございますよ。今津屋は大所帯ゆえ、過日坂崎様に持たせた量では足るまいと託(ことづ)けられました」

「それはご苦労であった」

広い板の間の一角に、昆布やら天日干しの烏賊(いか)、鰹節から鯖の塩漬け、さらには冬茹までが広げられた。

「おう、故郷(くに)の匂いじゃな」

磐音はくんくんと嗅いだ。

広げられた品々におこんが、

「冬茹の香りの豊かなこと、これを知ったら他の椎茸は食べられないわ。貴重なものを中居様はお届けくださり申し訳ないわ」

と磐音を見た。その意図を気にしてのことだ。

「仁助、言伝(ことづて)はあるか」

「はい、ございます。あっしは明朝江戸を発ち、国表に走ります。ご家老様に宛てた書状があるか訊いて参れとの中居様の言伝です」

「おおっ、お心遣い、かたじけない」

磐音は素早く考えを整理した。

「仁助、それがしはこちらでお部屋を拝借し、ただ今より父上に文を記す。その間、待てるか」

「畏まりました」

　おこんが磐音を見て、

「昼時分よ。商家の昼餉を食べてもらうわ」

と仁助の接待を請け合った。

　磐音は今津屋の座敷の一室を借りて、正睦に返書を書き上げた。

　おこんを同道し、御用船に同乗して関前城下に戻ることをまず記した。また江戸藩邸で実高と会い、会話した内容などを付記し、詳しい事情は面談の上直(じか)にお話しし、許しを得たいと書き添えた。

　磐音が台所に戻ると、おこんが仁助と茶を喫しながら話し合っていた。

　どうやら男衆の奉公人の昼餉は終わったようで、女衆の膳が並べられていた。

「仁助、待たせたな」

「坂崎様、さすがは江戸でも名代(なだい)の大店(おおだな)ですね。奉公人方がきびきびとしておいでだ。それに大名屋敷の飯と違い、美味(うも)うございますよ」

と褒(ほ)めた。

「おや、仁助さんのお口の上手なことったら」

と言ったおこんが、

「もう一つ甘いものをお食べになりますか」

と立ち上がろうとした。

「おこんさん、あっしの得意は早足だ。これ以上太ると十二日では城下に着きません」

と断り、磐音から書き上げたばかりの書状を受け取ると、

「坂崎様、おこんさん、関前でお目にかかりましょう」

と言い残し、空の大風呂敷を肩に斜めに負って胸前で結び、草履を履くと、三和土廊下の向こうへきびきびした動きで姿を消した。

「早足の仁助様とはよく名付けたものね。所作がなんとも軽やかだわ」

と感心し、

「女衆と一緒に昼餉を摂る」

と磐音に訊いた。

磐音は、北割下水の汚水の臭い（におい）が漂う御家人品川（しながわ）邸の傾きかけた門を潜った。

珍しく縁側で内職をする様子が見えなかった。

（どうしたことか）

訝しく思いながら縁側に回り、声をかけようとしてやめた。

襷掛けの幾代（いくよ）が倅の柳次郎（りゅうじろう）を従え、正座させた竹村武左衛門（たけむらぶざえもん）の頭に擂鉢（すりばち）を逆様に被せ、その底に艾（もぐさ）を盛り上げ、

もうもう

と煙を立ち昇らせて灸（きゅう）をしていた。

「どうなされました」

柳次郎が庭を見て、

「坂崎さんでしたか。なあに竹村の旦那が仕事先を酒でしくじり、あまりにも泣き言を言うもので、母上が擂鉢灸をして旦那の体内から先ず酒毒を追い出し、酒絶ちさせようと考えられたのですよ」

「お灸は酒にも効きますか」

「坂崎様、万病に効果がございますが、このお方の酒癖が直るかどうか、さすがに自信がございません」

と幾代が答え、新たな艾を加えた。

「は、母御、やめてくだされ、もう十分に熱うござる。ほれ、額からも首筋からも汗が流れ出て、火事場のようだ」

「なんですね、大の大人が。そなた様も武士の端くれならば、お灸くらいでがたがたと泣き言を言うものではありませんぞ。過ぐる天正(てんしょう)十年（一五八二）四月三日、甲州恵林寺(こうしゅうえりんじ)では、武田信玄公の師、快川紹喜(かいせんじょうき)和尚は織田信長様の軍勢に火攻めに遭いながらも、『心頭滅却すれば火も自ずから涼し』と申され、燃え盛る炎の中で泰然自若としておられたのですよ。それを思えば、お灸の熱さなど屁(へ)でもございますまい」

「母御、そう言われるが、熱いものは熱い」

「そなた様に紹喜和尚の境地を求めたのが私の間違いでした。この艾が燃え終わるまで我慢なされ」

普段武左衛門の我儘(わがまま)に散々困らされている幾代が、このときとばかりに頑張った。

「柳次郎、そなたも次に一鉢やりますか。夏の疲れにはお灸が一番ですよ」

「母上、それがし、竹村の旦那ほど酒癖は悪くございません。御免蒙(こうむ)ります」

幾代の目が磬音を捉(とら)えた。

「それがしもお炙はあまり好みではございません」

「坂崎様も柳次郎も友達甲斐がありませんね。もっとも、このお方は人望がまるでないが」

幾代に散々悪態をつかれる中、ようやく艾が消えて、擂鉢が下ろされた。

武左衛門の頭の頂も真っ赤に染まり、汗が噴き出していた。

「母上、いつもは味噌を擂鉢の上に載せるのではありませんでしたか」

と柳次郎が首を捻り、

「そういえば、本日は味噌を忘れておりました」

「おいおい。親子で暢気に会話をしている場合か。それがしの身にもなってみよ」

「竹村どの、これで当分酒絶ちですぞ」

と幾代が平然と応じ、磐音はおこんが包んでくれた冬茹や昆布が豊後物であることを説明しながら、品川家と竹村家それぞれに渡した。

「なんだ、またこのようなものか。そなたの国許には酒はないのか」

と思わず呟き、

「これ、竹村どの、そなた未だ性根が直っておりませぬな。もう一鉢、盛大にお灸を続けますか」

「は、母御、冗談にござる」

武左衛門が縁側まで飛びのいて難を避けた。

それを一睨み(ひとにら)した幾代が台所に下がり、柳次郎が磐音に、

「なんぞ御用ですか」

と訊いた。

すると磐音の返答を武左衛門が先取りし、

「そなた、宮戸川の鰻割きの職を辞したそうではないか。おこんさんと祝言を挙げる仕度か」

と武左衛門が早耳ぶりを披露した。

「ご存じでしたか」

「そなたが辞めたと聞いたでな、それがしが売り込みに参った」

「なにっ、旦那は坂崎さんの後釜(あとがま)を狙(ねろ)うておったか」

「毎朝、美味(うま)い朝餉が出ると聞いておったでな」

「それでどうでした」

と磐音は思わずその首尾を訊いた。

「あっさりと断られた。鉄五郎親方が申すには、坂崎さんの後任は江戸じゅう探してもおりません。お武家様の職人は坂崎さんお一人で打ち止めですとな」

「さすがに親方は人を見る目がございます」

台所から真桑瓜を切って盆に載せ、座敷に戻ってきた幾代が応じた。

「母上の言われるとおりかな。旦那の悪評判は本所深川じゅうが承知だからな」

と柳次郎が得心したように頷いた。

「親子してそれがしを苛めること苛めること。それにしても竹村武左衛門の人徳のなさよ」

と武左衛門が嘆き、お盆の瓜に手を伸ばした。

四

武左衛門の大きな体が左右に揺れて、北割下水に落ちそうになったが、酔っ払いの不思議な平衡感覚でまた磐音のかたわらに、
とっとっと
とよろめきながら戻ってきた。

手には豊後の物産を包んだ風呂敷包みを提げていた。むろん中身は冬茹や乾物等が入っていた。

「坂崎さん、そなたの人徳じゃな。それがしなど十数年の付き合いになるが、品川家で幾代どのに酒を馳走になったことなどない。絶無皆無である。それを、そなたが宮戸川の鰻割きの仕事を辞したからというて、酒ばかりかちらしご飯まで供された。驚いたぞ、明日はお天道様(てんと)が西から昇るぞ」

磐音の説明を聞いた幾代が柳次郎に、

「坂崎磐音様のご出世話、なんとしても目出度い。そなたや竹村どのがあやかれるように、祝いの宴(うたげ)を催しましょうかな」

と言いだしたのだ。

きっかけはやはり武左衛門だった。

「坂崎氏(うじ)、そなた、宮戸川を辞して今津屋の用心棒で暮らしを立て、おこんさんと所帯を持つか。そなたは信用があるで今津屋の長屋に店賃(たなちん)もなしに住まわせてくれような」

と話を蒸し返した。

「旦那、用心棒はあるまい。坂崎さんは今津屋の後見を務めるほどに全幅の信頼を寄せられている」

「柳次郎、そこだ。われらとの差はな」

「竹村の旦那、おれを一緒にするな」

と二人が交わすいつもながらの会話に、

「幾代様、品川さん、竹村さん、先ほどから言うべきかどうか迷うておりましたが、そなた様方にはこの話、他人から聞いてもらいたくはございません。直にお話ししたきことがございます」

「分かった！　そなた、ついに関前藩に戻る決心をしたな。父御は国家老ゆえなんとかその力で復藩いたすか。よいよい、それがよい。重臣の倅には最後にその手が残されておる」

と武左衛門が羨ましそうに喚き、柳次郎が、

「旦那、しばらく口を噤んでおれ。坂崎さんがそのような道を選ばれるものか」

と黙らせた。

「過日、佐々木玲圓先生からかようなお話がございました」

と尚武館佐々木玲圓道場の後継を託されたことを告げた。

思いがけない話であったか、三人それぞれが沈思したが、すぐに武左衛門が、

「佐々木道場は確かに江都一の町道場である。さりながら坂崎磐音ともあろう者が、町道場の雇われ道場主に納まることをさように喜んでおるのか」

と半ば蔑みをこめて言い切った。

「竹村の旦那、佐々木先生の直心影流を継ぐとなれば、われらが剣術家坂崎磐音どのがいよいよ江戸で名乗りを上げることだぞ。名誉なことではないか」

「おれなんぞさんざこの界隈で町道場の雇われを務めてきたが、給金はしわい、飯は酷い。ただこき使われるだけだぞ」

「竹村どの、柳次郎、そなたら坂崎様のお話の真意を未だ汲み取っておりませぬな。ただ尚武館をお継ぎになるのではありますまい。佐々木玲圓先生の、公私ともに後継になるということではありますまいか」

と幾代が磐音を見た。

「幾代様、仰せのとおり、それがしが佐々木家に養子縁組して入らぬかというお話でございました」

「坂崎家を捨て、佐々木家に養子に入るのか」

武左衛門が思いもかけぬことを耳にしたという顔で磐音に訊いた。

「その一件で父に許しを願うたところ返書が参りました」

「お父上はなんと仰せになりましたな」

幾代が訊いた。

「父はそれがしが無断で藩を離れた折りから、坂崎の家を継がせることを断念しておられます。ですが、母は嫡男のそれがしに坂崎家を継がせることに未練を残しておいでのようです。そこで、国表に戻り先祖の墓と身内に許しを乞うことになったのです」

と磐音は豊後関前に戻ることになった経緯をざっと説明した。

幾代が得心したように頷き、柳次郎が、

「坂崎家を離れると、ようも肚を固められましたね」

と磐音に念を押すように言った。

「武家方では家名は大事なことでございましょう。ですが、坂崎が佐々木に変わろうと、それがしの中身が変わるわけではございません」

「待て待て。そなた、気軽に、はいと返事をいたしたようだが、おこんさんはどうなる。今津屋に残したままか」

と武左衛門の頭は混乱したようで、あちらこちらに質問を飛び散らした。

「おこんさんは一旦上様御側衆の速水左近様の養女に入り、その後、佐々木家に入ったそれがしと祝言を挙げることが内々に決まりました」

幾代が自分の膝を平手で、
ぴしゃり
と叩き、

「そなた様に相応しきご決心と始末です。これでお二人のご将来が開けます。坂崎様、ご出世おめでとうございます」

と両手を突いて祝いの言葉を述べた。

「出世かどうか。それがし、剣の道を目指すことに決めたということにございます」

「そうか、名実ともに坂崎さんが直心影流尚武館佐々木玲圓道場の跡目を継ぐことになりましたか。確かに母上、坂崎さんは打ってつけの道を選ばれましたな」

「柳次郎、ご出世です。うちでささやかながらお祝いをいたしませぬか」

と幾代がいそいそと台所に立ったのだった。

「品川さん、竹村さん、それがしが留守の間、時に今津屋を覗いてなんぞ御用がないか様子を見てくれませんか」

「相分かった。そなたらが江戸を発った日より、この竹村武左衛門が今津屋に詰めよう」

「竹村の旦那、坂崎さんは今津屋に用があるときと言われたのだ。そなたのように強引に押しかけては坂崎さんの親切が仇になる」

と柳次郎が牽制した。

ぶらぶらと庭にぶら下がる瓢箪を望む座敷に宴の席が設けられた。

武左衛門は酒絶ちのお灸をしてもらったばかりだ。

「それがし、酒は絶ち申した」

と最初こそ幾代の前で遠慮していたが、

「本日はまたとなきお祝いの宴です。竹村どのが分を心得、祝い酒をお飲みになる分には格別に許しましょう」

と幾代から許しを得た。それにも拘らず、一杯酒が入ると最前のお灸もなんのその、

「おれには分からぬ。いくら佐々木道場が江都一とは申せ、道場主になることがそれほど出世か。おれなんぞ散々通ってきた道だ」

と再び悪態を繰り返して、

「これ、竹村どの。そなた、そのようなさもしい心根か。友が新たな決断をされ

た折り、素直に喜ぶのが友のとるべき道ではございませぬか。そこに直りなされ。もう一度擂鉢灸をいたしますか」

と幾代に叱られた。

「母御、あれは勘弁してくだされ。それがしとて、坂崎さんのことはちゃんと見ておるのです。まあ、われらがおったればこそ今日の坂崎さんもあったということです」

「そなた様がおられなければ、もっと深川暮らしを楽しまれ、出世も早うございましたよ」

幾代はなにやかやと武左衛門をからかいながらも磐音の選択に思いを馳せ、柳次郎や武左衛門の今後を案じていたのだ。

そんな思いの中にも三人に酒を注ぎ分け、自慢のちらし飯を勧めた。

宴が終わり、酔っ払った武左衛門を磐音が南割下水の長屋まで送っていくことになった。

「坂崎磐音どの、承知か」

手に提げた風呂敷包みを振り回した武左衛門が、磐音の肩に肩をぶつけながら酒臭い息を吐きかけ、訊いた。

「なにをです」

「幾代どのの亭主、柳次郎の親父どののことだ」

「それがどうかしましたか」

「近頃見かけたことがあるか」

「いいえ、清兵衛様は外に出ておられることが多いゆえ、それがし、未だお会いしたことはありません」

　昨今、御家人の俸給だけで暮らしが立つわけもない。

　品川家では幾代と柳次郎がせっせと内職に励み、父親の清兵衛が身分を秘して、大身旗本の登城行列の供侍や、時に中間の格好で行列の一員に雇われ、なんとか糊口を凌いでいたのだ。

「しばらく前、親父どのは外に出られた。陸奥国のさる大名家の、参勤下番の供に加わり、国許まで行く道中に草加宿で食売に出ていた後家と懇ろになって、あちらで暮らしておられるのだ」

　磐音が呆然として武左衛門の顔に言葉の真偽を探った。すると武左衛門が大きく頷いた。

「幾代様も品川さんも承知なのですね」

「むろんだ」

「幾代様はそのような哀しみを一切面に出されませぬな」

「女は強い。それにしても清兵衛どのは思い切ったことをなされたものよ。おれなんぞ、皆にただの酔いどれだ、くず侍だと蔑まれておるがな、せっせと長屋の女房のもとへ戻り、家長としての役目と夫婦の情愛をちゃんと尽くしておるぞ。時に女のほうから、どうです、私と苦労をしてみませんかなど誘われることもある。だがな、おれは断じて清兵衛どのの道は選ばぬぞ」

「勢津どの大事、お子大事に生きてください」

「おう、おれはそうする。そなたが佐々木道場の後継になり、この本所深川を見捨てようと、おれはこの地で頑張るぞ」

武左衛門がよろめくついでに磐音の肩に縋りつき、
ふーうっ
とまた臭い息を吐き、なんとか身を保った。

「坂崎磐音、おこんさんを大事にしろよ」

「分かっております」

「いや、そなた、賢そうな面をしておるが、今一つ分かっておらぬぞ」

「なにが分かっておりませぬか」

「本所に取り残された品川柳次郎、竹村武左衛門の哀しみが分かるか」

武左衛門の声が今度は切なくも悲しみに震えていた。

「それがし、本所深川を捨てて出ていくのではございません」

「いや、この溝臭い割下水を見てみよ。これが人間の住むところか」

「お声が大きい。お屋敷が並んでおります。そのような大声を上げては迷惑です」

「竹村武左衛門の声、まだまだ迫り上がる。そなたはわれらを見捨ててこの地を出る。御城近くの神保小路に引っ越す。それが坂崎磐音の本性よ」

（坂崎磐音、そうなのか）

磐音は自らに問いかけた。

「竹村さん、それがしが変わったか変わらないか、道場に時々お出かけください」

磐音の目は遠く提灯の灯りを見ていた。

大川端に広がる御米蔵、土地の人には御竹蔵と呼ばれる辺りに、灯りがちらちらしていた。

竹村武左衛門の住まいは、御家人や直参旗本の下級武士が屋敷を連ねる南割下水の一角にある吉岡町の裏長屋だった。もうすぐ辻に差しかかり、その先が吉岡町で、武左衛門の半欠け長屋もあった。

背に殺気を感じた。

磐音はよろめく武左衛門をかたわらの御家人屋敷の、壊れかけた土塀に突き飛ばした。

武左衛門の手から風呂敷包みが飛んだ。

「な、なにをいたす。そう怒らぬでもよかろうが」

磐音は武左衛門の言葉には構わず振り返った。

背に人影はない。

前方に視線を戻した。

その瞬間、数間先に黒い影が迫っていた。

抜き合わせる暇はなかった。

磐音は突進してきた相手の抜き身が上段から振り下ろされるのを見た。

(内懐に飛び込めるか)

その余裕もなかった。
ならば肉を斬らして相手の骨を断つしか方策はない、と咄嗟に決断した。
磐音は咄嗟の判断に従った。
腰を沈め気味に落とし、包平の柄に手をかけた。
相手の刃を感じた。
(死か)
脳裏に浮かんだ想念を吹き払い、包平を抜いた。
相手の刃が届いた。
その瞬間、相手の足元がなにかを踏み付け、磐石の斬撃が崩れた。
刃が空を斬った。
体勢が崩れ、泳ぐような格好の相手の胴に、磐音の包平が白い円弧を描いて届いた。
うっ
右手一本の斬り回しに相手の体が竦んだ。
磐音は存分な手応えを掌に感じていた。
ふうっ

という息が磐音の耳元で聞こえ、前のめりに崩れ落ちていった。

わあっ！

武左衛門が、尻餅（しりもち）をついて座る眼前に崩れ落ちてきた刺客に悲鳴を上げた。

前方から足音が響いて、灯りが近付いてきた。

御用提灯の灯りが戦いの場を照らしつけた。

「坂崎様」

その声は地蔵の竹蔵（たけぞう）親分の声だった。

「夜廻りの最中でしたか」

磐音の声は平静だった。

「へえっ、昼間の暑さが残る夜はなにかと騒ぎが起こるものでしてね、町内を巡回していたところです」

竹蔵が応えると、手下の持つ提灯の灯りで武左衛門の姿を認め、

「竹村の旦那も一緒かえ。近頃仕事先を酒でしくじったと聞いたが、もう酒を飲んでおられるので」

と呆れたという声で訊いた。

「親分、本日は格別じゃ。品川さんの母御が許しを与えられたのだ」

「なんぞ祝い事でもございましたか」

と応えながら、老練な御用聞きは地面に突っ伏した刺客の面を見た。

提灯の灯りがさらに近付けられた。

磐音も知らぬ顔だった。

風体からいって旅の武芸者か。歳は五十がらみの老武者だった。それだけに、一撃必殺に賭けたのだろう。

「坂崎様、この顔に心当たりがございますかえ」

「ない」

と応えた磐音は、

「背後に殺気を感じて振り返り、前を向いた瞬間に襲われた。この風呂敷包みがなければ、それがしがこの方と代わっていた」

磐音は刺客が足を滑らせた豊後関前の物産が入った包みを指した。包みがほどけ、豊後椎茸が二つ、三つ転がっていた。

「あ、あれはおれが提げていた風呂敷包みだぞ」

「いかにもさようです。それがしが竹村さんを突き飛ばしたとき、手から飛んだものです。偶然にも豊後特産の椎茸、冬茹に命を救われ申した」

磐音は冬茹を拾うと、

「竹村さん、地面に落ちたものは換えさせます」

と言うと武左衛門が、

「わが家では足裏で踏み付けぬかぎり食べ物は食べ物じゃ、ちゃんと口に入れよと教えておる。見ぬもの清しともいう。われら二人の命を救った椎茸、疎かにできようか」

と磐音の手から奪い取り、風呂敷包みに大事そうに入れた。

竹蔵が刺客を番屋に運ぶ手配を手下の音次に命じた。

「音、どこぞで戸板を探してこい」

「へえっ」

と手下たちがその場から姿を消した。

磐音はその場から離れ、包平の血振りをして鞘に納めた。そこへ竹蔵が近寄ってきて小声で問いかけた。

「坂崎様、近頃立て続けに正体の知れぬ刺客に襲われなすったそうで」

「柳原土手で二度、両国橋で一度、さらにこたびと、都合三人の刺客に四度襲われた」

「だそうですね」

と竹蔵が旦那の木下一郎太から事情を聞き知っていたか言った。

「坂崎様、木下の旦那が役宅に謹慎なさっていることをご存じですかえ」

竹蔵が不意に話題を変えた。

「いや、知らぬ。なんの咎あっての謹慎か」

「それでさあ。坂崎様は柳原土手で岸和田富八という刺客に襲われましたな」

「いかにも」

「岸和田某は通旅籠町裏の木賃宿で坂崎様暗殺をだれぞから引き受けた。木下の旦那はこの界隈を調べておられる最中、笹塚孫一様に呼ばれ、公務を当分解く、役宅で謹慎しておれ、一切出歩いてはならぬ、と厳命されたそうなんで」

「いつのことだ」

「昨日の昼間のことですよ。そいつを聞いて夜中の内に木下の旦那の役宅に忍び込もうと参りますと、まるで幕府転覆でも図った咎人でさあ。木下家の表門に竹矢来が建て回され、出入り禁止だ」

磐音は返す言葉がなかった。

「わっしが裏口から忍び込みますと、木下の旦那がこの事実を坂崎様に知らせよ、それで分かると申されました」

城中のだれかが南町奉行所に圧力をかけた結果か。

「それともう一つ、用心に用心を重ねてくださいとの言伝でしたぜ」

「承(うけたまわ)った」

磐音は背に、

すうっ

と悪寒が走るのを感じた。

第三章　一郎太の蟄居

一

その日、磐音は朝稽古を終えると、南町奉行所に年番方与力笹塚孫一を訪ねた。

南町は非番月で奉行所の表門は閉ざされていたが、通用口は開けられ、町方同心や公事(くじ)に呼ばれた者が出入りしていた。

非番月とはいえ町廻りなどの日課を北町奉行所と交代しているだけで、継続した探索や公事などは奉行所内外で行われていた。

磐音は門番に笹塚に面会したいと願った。

「どちら様かな。笹塚様は身辺多忙ゆえ面会はなり難い」

「坂崎磐音が訪れたとお伝え願いたい」

門番は磐音の顔を見てなにかさらに言いたそうだったが、

「お取次ぎくだされ。笹塚様がお断りならばそれがし引き上げます」

と迫った。

「暫時待たれよ。まず無駄と思うがな。先ほどもさようなことで年番方を煩わせるでないと、玄関番の見習い同心どのに怒鳴られたばかりだ」

と言いながらも奥に消えた。

磐音は通用口のかたわらで待った。

呼び出されるのを待つ公事の人の影が動いたことが分かるほどに待たされた。

暑い日盛りだ。

御堀端の柳の枝もだらりと垂れて動く気配はない。

南町奉行所は数寄屋橋御門と向かい合い、南東方向に向かって表門があった。

磐音は陽射しから逃れようもなく、額から汗がすすっと落ちていく。

四半刻（三十分）はたっぷりと待たされ、門番が戻ってきた。

「笹塚様が格別に会われる。入られよ」

磐音は敷地の中に入れられた。

玄関番の見習い同心とは一、二度顔を合わせたことがあった。

だが、磐音の挨拶にも硬い表情で頷いただけで、

「あちらへ」

と内玄関を指した。

木下一郎太が謹慎の沙汰(さた)を受けたせいか、奉行所内部には緊張している様子がありありとあった。見習い同心に案内されて、馴染みの御用部屋に通された。すると南町の切れ者与力が大頭に濡れ手拭いを載せて、

「坂崎、なんぞ儲(もう)け話を持ち込んで参ったか」

と面白くもない冗談を言った。

磐音は黙って廊下に立っていた。

笹塚が見習い同心に、

「熱い茶を淹れて参れ」

と命じ、磐音に座敷に入るよう差し招いた。

「坂崎、そなたとは長い付き合いじゃが、これまでのように気軽にものは頼めぬのう。佐々木家に養子に入り、尚武館道場を継ぐそうな。先の柿落(こけら)としの大試合がそなたのお披露目(ひろめ)か。佐々木家は将軍家とも関わりがあると噂される家柄だ。ただの町道場ではない。その道場主ともなれば、町奉行所の与力とは口も利(き)いて

もらえぬであろうな」

「それがし、笹塚様の皮肉や冗談を聞きに来たわけではございませぬ」

「なんだ、切り口上か。一郎太の処遇に不満か」

「いかにも不満です」

笹塚が磐音の顔を正視し、

ふうっ

と息を吐いた。

「あれはお奉行のせいでもわしのせいでも、まして一郎太の失態でもないわ。そなたのせいで、一郎太は竹矢来の中で蟄居(ちっきょ)閉門させられておるのだ」

「どういうことにございますか」

「そなたも薄々は察していよう。城中のさるお方がお奉行をお呼びになり、同心一人に詰め腹を切らせよと命じなされたと思え。お奉行も、失態もなき同心になにゆえそのような沙汰が下せましょうやと必死で反論なされたそうな。だが、そのお方は牧野(まきの)、と呼び捨てになり、そのほうの配下の同心は、そなたも知らぬ機密に首を突っ込んできおった。町奉行所の役人の分を越え、越権も甚(はなは)だしいと吐き捨てられたとか。お奉行はなんとかその場を凌ぎ、数寄屋橋まで戻ってこられ、わしを呼ばれた。さるお方がこのまま黙っておられるわけもなし、どうしたものかとの相談だ。わしは先手をとって木下一郎太を謹慎させた。だが、これとて風前の灯の策よ」

　笹塚孫一は南町奉行所に降りかかった災難をこう説明した。

「わしは一郎太がなにをしたか問い詰めたが、奴は切腹を命じられようと口外はできませぬと言いおった。まあ、たれかに降りかかる迷惑をなんとか阻止しようとの浅知恵よ」

「………」

「調べればすぐにわかることよ。一郎太は柳原土手でそなたが刺客に襲いかかられ、返り討ちにした騒動の後始末をしていた。そなたと二人、岸和田某なる刺客の亡骸を女房が埋葬された豊島村の西福寺に持ち込んだな。一郎太が、通旅籠町で岸和田某がたれに会うたか調べ始めたのは、そなたとの約定があってのことかどうか知らぬ。だが、この行動が城中のどなたかの逆鱗に触れたことは確かじゃ。坂崎、そなたのせいで一郎太が竹矢来の中に謹慎させられているというのは間違いか」

　磐音は、ふうっ、と一つ息を吐いた。

「言い訳はせずともよい。一郎太は未だそなたの器の大きさを理解しておらぬ。そなたが城中のどなた様かに繋がっておることを知らぬ。そのお方を快く思わぬ別のどなたかの尾を踏んでしもうた。町奉行所の一同心どころか、奉行の首さえ吹っ飛ばしてしまう力をお持ちのお方から一郎太の身を守るには、どうすればよい」

磐音は沈思した。

「木下どのの謹慎だけでは、そのお方、満足なされておられませぬか」

「会うたこともなきお方の心中は、町奉行所の年番方与力風情(ふぜい)には察しもつかぬ。だが、このまま済むとも思えぬ」

笹塚孫一の胸には明確に老中田沼意次の名があった。だが、決してその名を口にしなかった。ただ今の田沼の力ならば、南町奉行牧野大隅守成賢(おおすみのかみせいげん)の首をすげ替えることなど朝飯前の仕事であったろう。

その田沼が一同心の行動を気にしたのだ。

「そなたをなぜ暗殺しようとするのかに、すべての秘密が隠されておる。そなたにそれを訊いても答えまいな」

「笹塚様、それがしもなぜ次々に襲われるか見当もつきませぬ」

「そなたの立場ならばそう答えるしかあるまい」

磐音はもし暗殺を命じた張本人が田沼意次ならば、大納言徳川家基の日光行きに関わりがあることと推察付けられた。

家治の極秘の命で家基は日光社参に同道したのだ。それは十代将軍の後継として西の丸に入れた家基に、早くから広く世の中のことを経験させ、

「将軍とはなんぞや」

との教え、帝王学を学ばせる一環であった。

この十六歳の若者の将軍就位を一番に気にしていたのが、安永の徳川幕府を親子で専断する田沼意次と意知だった。

田沼にとっては、暗愚な将軍の就位こそが自らの権力を永久に保持する道だった。

だが、十六歳の家基は、

「鋭敏にして明晰(めいせき)」

との評判の高い若君だった。

笹塚自身、なぜ田沼が磐音を忌諱(きい)するか、具体的に承知しているとは思えなかった。だが、南町奉行の大頭与力は、

「切れ者」

として知られていた。また城中の権力争いを知らぬわけではない。となれば、
町奉行を、

「牧野」

と呼び捨てる者がだれか推量が付かぬわけではなかった。

「笹塚様、南町になにかと難癖をつけられ、木下どのに切腹を申しつけられるような事態はございましょうか」

「それを恐れておるが、一郎太にはなんの罪科（つみとが）もない。このことについてはお奉行も、一命に代えても死守すると仰せじゃ」

と笹塚は言い切り、しばし瞑想（めいそう）した。

両眼をかっと見開いた笹塚孫一は話題を転じた。

「坂崎、遠江相良（とおとうみさがら）藩三万七千石の江戸下屋敷が築地堺（つきじさかい）橋際にある。昨夜のことじゃ、目付棚田（たなだ）十兵衛（じゅうべえ）なる相良藩家臣が何者かに襲われ、殺されて堀に投げ込まれた。その死体を、偶々（たまたま）夜廻り中の南町の関わりの御用聞きが見つけて岸に引き上げようとしたと思え。その作業の最中、相良藩から人が出て、わが藩の関わりの者と言い、強引に運び去ったそうな。この棚田の風体（ふうてい）と、通旅籠町で岸和田某に

接触した者との人相が似通うておる」

遠江相良藩の藩主は言うまでもなく田沼意次だ。

「始末されましたか」

「まず」

「となれば、木下どのにもなんぞあってもおかしくない」

笹塚孫一が頷いた。

「暗殺ですか」

「謹慎中の一郎太の身にそれが起こることを危惧しておる」

磐音は沈思した。

「坂崎、こたびの一連の暗殺騒ぎの参謀は、遠江相良藩御用人深沢繁郎（ふかざわしげさと）なる者と思える」

磐音が首肯した。すると笹塚が、

「そなた、宮戸川の鰻割きの仕事を辞したそうじゃな」

と磐音の顔色を窺う（うかが）ように話題を変えた。

南町奉行所の通用門を出ると、日傘を差したおこんと幸吉の姿が、数寄屋橋際の御堀の柳の木の下にあった。

「待たせたか」

「今来たところよ」

幸吉は真新しい縦縞の単衣を着せられていた。おそめの奉公する縫箔職人の江三郎親方のもとを訪れるというので、宮戸川の女将のおさよが気にしてくれたのだろう。

「南町の御用は済んだの」

「笹塚様と面会したで用は終わった」

とだけ答えた。むろんおこんは、木下一郎太が八丁堀の役宅に蟄居閉門の憂き目に遭っていることなど未だ知る由もなかった。

「参ろうか」

三人は数寄屋橋を渡らず、阿波徳島藩蜂須賀家、土佐高知藩山内家の上屋敷前を通り、鍛冶橋で町屋に戻った。そのまま御堀端を北に向かい、呉服橋近くで東に折れた。

縫箔の親方として江戸に名が知れた名人江三郎の店はこの中ほどにあった。

昼前の刻限だ。

むろん江三郎親方には前もって店を訪ねることを知らせ、おそめと面会する許しを得ていた。

店の前に立つと幸吉が緊張に顔を強張(こわば)らせ、

「浪人さん、ここがおそめちゃんの奉公先か」

と訊いた。

店の中のぴーんと張り詰めた雰囲気が通りまで漂ってきて、その緊張の間に、
しゅっしゅっ
と絹地に刺繡(ししゅう)針が往復する音だけが響いてきた。

おこんが日傘を窄(すぼ)めた。

「御免くだされ」

磬音の声に店先に姿を見せたのは江三郎自身だ。

「おこんさん、おまえ様のお連れ様は、ど偉いお方だってねえ。神保小路の佐々木道場の門弟とは承知していたが、なんと先の柿落としの大試合で数多(あまた)の剣術家を負かしてさ、第一位に輝いたお方というじゃないか。読売で知って、ぶっ魂消(たまげ)たよ」

と江三郎が興奮の体(てい)で言い、

「どこから見てものんびりとした風貌でさ、そんな凄みは見えないがねえ」

と磐音を頭の先から足先まで見回した。

「親方、それがしは正式な出場者ではござらぬ。皆様が緒戦から戦われて、疲れた間隙を縫って勝ちを得たものにござる」

「親方、坂崎さんのことはともかく、本日は大変無理を申しました。しばらくの間、おそめちゃんをお借りしてもようございますか」

と磐音とおこんが口々に言った。

「朝からおそめに、久しぶりに皆さんと一緒に昼飯でも食ってこいと言ってあるが、はてどうかな」

と江三郎が首を捻った顔で、

「おそめ」

と奥に向かって呼んだ。すると地味な縞模様の仕事着に前掛けをしたおそめが険しい顔で姿を見せた。手首には針山を付けたままだ。

「おそめちゃん」

幸吉が思わず呼びかけた。そちらを、

ちらり

と見て、頷き返したおそめが、

「坂崎様、急な御用にございますか」

と訊いた。

「急な用かと訊かれると返答に困る。それがし、このたび、宮戸川の仕事を辞し、六間堀の長屋を引き上げることになった。そなたには深川暮らしの当初から世話になったで、そのことを知らせようと思うてな」

おそめの顔が深川の日々を思うような表情を見せ、

「坂崎様、ご苦労さまでした」

と労った。そして、

「坂崎様、いよいよおこんさんと所帯を持たれるのですね」

と訊いた。

その言葉に江三郎が驚いた様子で二人を交互に見た。

「それもある」

「他になにかお話がございますので」

と問いかけるおそめに、

「おそめちゃん、親方の許しが貰えたんだ。少し外に出てさ、浪人さんの話を聞いてくれないか。おれからも頼まあ」

と幸吉が言葉を添えた。

「幸吉さん、気持ちは有難く頂戴するわ。私も、幸吉さんやおこんさん、坂崎様と話がしたい。それは山々よ。でも、無理を言って親方のもとに弟子入りをさせてもらったの。私だけがそんな我儘は許されないわ」

「待ちねえ、おそめ」

と江三郎が言葉を挟んだ。

「親方のおれが暇をやったんだ。だれに遠慮がいるものか」

「親方、お言葉を返すようですが、このような扱いは遠慮いたしとうございます。もしここで親方のお言葉を受ければ、気持ちに甘えが生じます。私、親方に無理を願った身です。それだけに、なんとしても後悔するような真似はしたくないのです」

とおそめは言い切った。

磐音は不意を衝かれた。

がつん
と慢心の頭を殴られた思いだ。

「おそめちゃん、そなたの胸の中を考えもせなんだ。相すまぬ。そなたの決心に比べれば、それがしの身の振り方など大したことはない。それを気付かなかったとは、なんとも迂闊であった」

「坂崎様、生意気を申してすみません」

おそめが涙を堪えて必死で応じた。

「なんのことがあろう。謝るのはそれがしだ」

「おこんさん、坂崎様とお幸せに」

「おそめちゃん、有難う。きっと幸せになるわ」

頷いたおそめは仕事場に戻っていった。

「お侍、おこんさん、おそめは並の決心じゃねえ。それに免じて許してくんな。十年後、いい縫箔職人が生まれてるぜ」

江三郎はおそめの後ろ姿を見やりながら言った。

磐音とおこんは黙って頭を下げた。幸吉は改めておそめの覚悟に衝撃を受けたようで顔を引き攣らせ、呆然と立っていた。

「幸吉、参ろうか」

三人はそれぞれ複雑な思いを抱いて縫箔屋を出た。

呉服町の通りにきらきらとした光が舞い散っていた。

「幸吉さん、お腹が空いたでしょう。どこかでご飯を食べていきましょうか」

おこんが気分を変えるように幸吉を誘った。

「おこんさん、飯を食べる気にゃならねえや。おれはまだ半人前でもねえな、おそめちゃんの必死さに比べたらよ」

「幸吉、それを言うてくれるな。それがしとてそのことを恥じておる。なんともおそめちゃんに悪いことをした」

「お二人さん、それは心得違いよ」

とおこんが言い切った。

磐音と幸吉がおこんを見た。

広げた日傘の下に笑みを浮かべた白い顔があった。

「幸吉さんとおそめちゃんの奉公の仕方は違って当然よ。百人いれば百とおりの奉公があっていいのよ。おそめちゃんは男の職人衆に交じって、一瞬だって気を緩めてはいけないと頑張っているわ。それを幸吉さんが見習っても幸吉さんらしくないわ。鰻屋の職人には似合わないもの」

「そりゃそうだけどよ」

「私も勉強させられたわ。当分、私たちはおそめちゃんの精進ぶりを陰から見守っていきましょう。辛いときがくるかもしれないから、そのときこそ、手を差し伸べて一緒に泣いたり笑ったりしましょう」

「そうだな」

「それでいいのかい」

「よい」

と言いきった磐音が、

「そう考えたら腹が空いた。幸吉、食べぬというならば見ておれ」

「浪人さん、それは友達甲斐がないってもんだぜ。おこんさん、ご馳走してくんな」

と夏の空に向かって幸吉が叫んだ。

二

その日の夕暮れ前、磐音は永代橋の船着場から猪牙舟を雇い、佃島沖に向かった。

沖合いには豊後関前藩の御用船二隻が停泊していた。一隻は磐音にも馴染みの正徳丸だ。二隻ともすでに関前から積んできた物産は下ろし、代わりに江戸で仕入れた古着、反物太物、日用雑貨を積み込んでいた。

猪牙舟が一隻の千石船に近付くと船上から、

「参ったか」

という中居半蔵の声がした。

磐音は半蔵に使いを貰い、正徳丸に呼ばれたところだ。

猪牙舟が千石船の船腹に横付けされ、縄梯子が下ろされた。

磐音は船頭に舟賃を払い、縄梯子に取り付いた。磐音が船縁に手をかけると、藩物産所の若い役人別府伝之丈の顔が見えた。

「坂崎様、お久しぶりにございます」

伝之丈の顔付きが、江戸藩邸暮らしにも物産所の仕事にも慣れたか、張りのあるものに変わっていた。

磐音が正徳丸の舷側を乗り越えると、半蔵が主船頭の倉三と並んで立ち、磐音を迎えた。

「おこんさんを船に迎えるとなると、男客のようには参らぬでな、大工を入れて部屋を居心地のよいように改装した。陸地にいるときのようには参らぬが、それでもこれまでよりは楽であろう」

と半蔵が言った。

「われらのためにそのようなことをしていただいては申し訳ございませぬ」

「なにを申すか。この物産事業そのものがそなたの考えじゃ。またそなたが江戸にて今津屋や若狭屋と繋いでくれねば、ただ今のような商いもなかったことだ。言わば生みの親が乗船いたすというのに、荷物並みの扱いでよかろうはずもない」

と半蔵が応じた。

「相すまぬことです」

と答えた磐音は、

「倉三どの、女連れの船旅、そなたらには迷惑な話と思うがよしなに頼む」

と主船頭に頭を下げた。

「坂崎様、こたびの一件、中居様より殿様御自らのお声がかりと聞いております。船は男所帯でなんの愛想もございませんが、精一杯坂崎様とおこん様の世話をさせてもらいますよ」

と言うと、

「ささ、こちらへ」

と案内に立った。

「わっしらが豊後と江戸を往来するようになって三年、船もその都度手を入れました。折角関前で仕入れた乾物が潮を被っては台無しだ。長い海路を運び、値がつかぬじゃ、船頭の名折れですからね。荷積みはちょいと大変ですが、揚げ蓋(ぶた)を閉じて、海水が船倉に入り込まねえように舳先と艫櫓(ともやぐら)下の二箇所を省いて固定し、板と板の間は目地で浸水を防いでございます。また海上が穏やかで、天気のいい日は、船倉に風が入るようにも工夫してございます」

と言いながら、艫櫓下の荷の出し入れ口に磬音を誘(いざな)った。

船室への階段は荷の出し入れのために広く取ってあり、階段の踏み込みも十分だった。すでに船底近くには荷が積み込まれているためか、むうっとした熱気が磬音の体を見舞った。

「船が止まっているときはちょいと風の通りが悪うございますが、帆を上げたらなかなかのものでございますよ。陸地で過ごすより気持ちがようございます」

階段を下りて横への通路を行くと、木の香がしてきた。

「部屋は、船の中でも一番揺れが少ない帆柱近くに用意してございます。まあ、大広間とはいきませんが我慢してください」

倉三が引き戸を引き開けて、磐音に見せた。

なんと、真新しい三枚の畳が敷かれ、入口には幅一尺半ほどの板の間もあった。部屋には畳と木の香とともに風がうっすらと吹き込んでいた。

倉三が通風に工夫を凝らしたと言ったがその成果だろう。

「階段下に、狭いが厠（かわや）も作ってございます」

「なんとも造作をかけ申した。入らせてもらおう」

磐音は半蔵と倉三に礼を述べ、船室に入った。座してみると天井の低さも気にならない。

「これはよい」

「正睦様が乗船なされた折り、これからは藩士が御用船に乗船することもあろう。そのときのために船室に工夫がいるなと感想を洩らされ、意見を倉三に残されたそうな。その折りのご意見を取り入れたものだ」

「勿体なきことです」

男三人が座してみても、過ごせないこともない。

「坂崎様、船旅のよし悪しは天候次第。お二人を迎えるとき、天気が安定するとよいのですがね」

と倉三がそのことを案じた。

「中居様、いつ、出帆の予定ですか」

「もう一隻の船倉が開いておるで、小間物、鍋釜、薬類の他、雪駄などの履物を今少し積もうと考えておるところだ。あと五日はかかろうか」

磐音は五日の内に済ませるべき用事を頭に浮かべてみた。最初に木下一郎太の一件を片付けねばなるまいと思った。

「おこんさんは大丈夫か」

「この話を聞いた当初は、関前に持っていくものをあれもこれもと考えていたようですが、今では着たきり雀で旅をしてもよいと覚悟をつけたようです」

「今小町のおこんさんの船旅だ。着たきり雀というわけにもいくまいが、旅の要はいかに持ち物を少なくするかじゃからなあ」

と半蔵が言い、倉三が、

「とは申せ、正徳丸は帰り船ですので、船倉にはいくらも空きがございます。長持ちだろうがなんだろうがお持ちなさせえと、おこん様にお伝えくだせえ」

か」
「倉三どの、われら二人の道具一切合わせても、長持ちに詰めるほどあるもの
と言い添えた。
磐音はそう答えるとごろりと寝転んでみた。手枕をすると、波の揺れがなんと
も心地いい。
「これならばおこんさんも満足であろう」
起き上がった磐音は改めて半蔵と倉三に礼を述べた。

正徳丸から伝馬に乗り込むと同乗の中居半蔵が、

「どうだ、坂崎、佃島に寄っていかぬか」

と誘った。

白魚漁で有名な佃島には中居の昵懇の漁師鵜吉の店があり、新鮮な魚と美味い
酒を出してくれた。伝馬の舳先に乗船する伝之丈もその気のようだ。

「お誘いをお受けしたいのは山々ですが、出帆まで五日となれば済ますべきこと
が山積みにございます」

「何か月も江戸を留守にするのじゃからな、致し方ないか」

伝馬を鉄砲洲で降りた三人は、徒歩で八丁堀沿いに西へ向かった。

「それがし、八丁堀にちと用事がございます」

磐音は八丁堀中ノ橋で半蔵らと別れ、南北町奉行所の与力同心が多く住む八丁堀に入っていった。むろん謹慎中の木下一郎太の様子を陰ながら見に行こうと思ってのことだ。

冠木門の与力の役宅を過ぎると暗がりの中から、
ふわっ
と地蔵の竹蔵が姿を見せた。

「どうだな、親分」

「ただ今のところ変わりはございませんや。八丁堀でございますから、事が起こるとしたら、先ず夜半九つ（十二時）過ぎにございますよ」

「長丁場になるな」

「旦那を見殺しにできるものですか」

と地蔵の竹蔵が言いきり、

「亀島橋際に一隻、苫船を着けてあります。飲み食いができますし、仮眠もとれます。子分どもと交代で何年だろうと見張りますぜ」

と覚悟のほどを披瀝した。

磐音が竹蔵と相談しての手配りだった。

「親分、尚武館道場まで上がってくる。夜半前までには必ず戻って参るで心配いたすな」

磐音は竹蔵に言い残すと早足で江戸の町を北西へと突っ切った。

尚武館佐々木玲圓道場に到着したのは五つ（午後八時）のことだった。住み込み門弟らは夕餉を終え、長屋に引き上げていた。

磐音は佐々木家の母屋の玄関先で訪いを告げた。

「夜分遅く申し訳ございません」

磐音の声に養母になるおえいが、

「坂崎、このような刻限にどうなされた」

と言いながら迎え入れた。

「先生はご在宅にございましょうか」

おえいが頷き、

「そなた、夕餉はまだのようですね」

とそのことを気にした。

「慌ただしく駆け回り、忘れておりました」

「いくら壮健とは申せ、それでは体を壊しますぞ」

「お心遣い、かたじけのうございます」

磐音が座敷に通ると玲圓は刀の手入れをしていた。

「どうした」

「先生にご報告とご相談がございます」

玲圓が手入れの途中の刀を白木の鞘に戻した。

「ただ今、佃島に停泊中の関前藩御用船を訪ね、江戸表出帆が五日後と聞いて参りました」

「五日後か、分かった。道場のことは案ずるな」

「有難うございます」

「他になんぞ心配事があるのか」

「本多鐘四郎師範と依田市様の祝言までに江戸に帰着できるどうか、そのことを案じております」

「江戸から豊後関前往復となれば長旅じゃぞ。片道四十余日はかかろう。そなたらが江戸を不在にいたすのは少なく見積もって四月(よつき)をみねばなるまい。本多の祝言は九月末と聞いておる。鐘四郎とも話したが、そなたらは無理をせずともよい。鐘四郎もそなたも、やるべきことをまず務めよ」

「はっ」

師であり、養父となる玲圓の言葉を受けた。

「坂崎、酒の燗をつけましょうか」

台所からおえいの声がした。

「酒は結構にございます。今一つ用事が残っておりますれば」

と断った。

「まだなんぞ残っておるのか」

玲圓が呆れ顔で磐音を見た。

「面倒な相談事にございます」

「申してみよ」

磐音は木下一郎太の身に降りかかった危難について語った。

「なんと、木下どのがそのような災難に見舞われておるか」

玲圓の顔色が変わった。

「そなたにしばしば襲いかかる暗殺者の雇い主も、こたびの木下どのの災難も、同じ人物の差し金と考えてよいな」

玲圓が念を押した。

「先生、南町奉行を城中にて呼び捨てになさるお方は、そう多くはございますまい」

「いかにもさようじゃな。あの父子の真の狙いは大納言家基様じゃ。なんとしても阻止せねばならぬ」

玲圓は田沼意次、意知親子の名を出すことなく応じた。

「先生、それがし、この折り、江戸を抜けてよいものでしょうか」

玲圓が腕を組んで瞑想した。

「あのお方のただ今の関心はそなた、坂崎磐音にある。木下どのの蟄居もその一環だな。そなたが江戸を離れれば、あのお方の関心はどちらに向かうか」

「まさか、西の丸様に」

「わずかな警護で往復した日光道中とは異なり、家基様は西の丸におられる。また上様もご健在じゃ。あのお方といえども、軽々に家基様の身に危害を及ぼすようなことはなさるまい」

と答えた玲圓が再び沈思した。

おえいが膳を運んできたが、二人があまりにも深刻な表情で向かい合っているのを見て、そっと膳を置き、居間を下がった。

「坂崎、明日にも速水様にこの一件ご相談申し上げる」

「はい」

「差しあたって木下どのの身の安全じゃが」

「その一件、それがしにお任せください。江戸出立までになんとか決着をつけとうございます」

「ならばそちらはそなたに任せよう。よいか、坂崎、その一件の始末をつけ終えたら、そなたとおこんさんは豊後関前に発て」

「畏まりました」

「西の丸様のご身辺は、なんとしても佐々木玲圓、守り通してみせる」

と心中の覚悟を吐露した。頷く磐音に玲圓が優しく、

「夕餉を食せ」

と命じた。

磐音が尚武館佐々木玲圓道場の門を出たのは四つ（午後十時）前後のことだっ

た。

磐音は大股でぱっぱっと袴の裾を蹴り出すような早足で、神保小路から再び八丁堀へと向かった。

八丁堀界隈の亀島橋際に地蔵の竹蔵親分が用意した船を探すと、一隻だけ小さな灯りが点された船が目に入った。

荷船のようだが、屋根が葺いてあるので寝起きができないことはない。

「親分はおられるか」

磐音の声に手下の音次が顔を覗かせた。

「坂崎様、親分は木下様の竹矢来が望める暗がりの塀の下にへばりついていまさあ。わっしらが代わろうというんだが、今度ばかりは旦那の一大事、おれ自ら目を光らすと、わっしらの言うことを聞き入れないんでさ」

「それがしも参ろう」

再び木下一郎太の屋敷前へ戻ると闇の一角が動いた。

地蔵の竹蔵だ。

「変わりはないようじゃな」

「昼間はあちら様の密偵がこの界隈を聞き込みに回ってますが、本隊はまだ姿を見せねえ。まあ、得体の知れぬ魑魅魍魎が姿を見せるのは夜半過ぎと相場が決まってまさあ」

竹蔵はすでに何刻も前から木下邸の前を見張っていたが、それでも徹宵する気だ。鑑札を頂く一郎太への敬愛が竹蔵を衝き動かしていた。

「それがしも付き合おう」

「坂崎様がご一緒となれば千人力だ」

磐音も木下邸の竹矢来の門前が望める塀の下の暗がりに座り込んだ。

一郎太の役宅の左手は北町奉行所の下馬廻り同心市谷八助の役宅で、市谷宅は敷地の一部を医師に貸して家賃収入を上げていた。反対の右手は南町奉行所の定橋掛同心鈴木万蔵の役宅だ。こちらも敷地の一部を鍼灸師に貸してなにがしかの収入を得ていた。

町方同心は三十俵二人扶持の薄給だ。だが、町方同心の花形である、定廻り、隠密廻り、臨時廻りの三役には馴染みの商家から盆暮れに付け届けがあるから、内所は豊かだった。

だが、内勤となると俸給だけの暮らしになり、百坪ほどの敷地の一部を菜園にしたり、あるいは身分の確かな医師などに貸して店賃収入を上げることを奉行所でも黙認していた。

木下邸の両隣はそのように借地人がいたが、一郎太の役宅はだれにも貸してはいなかった。定廻り同心木下家と何代にもわたって繋がりを持つ商家、分限者などが応援してくれたからだ。

ゆるゆるとした時間が流れていき、芝の増上寺脇の切通しの鐘撞き堂の時鐘が九つを告げた。

「親分、代わろうか」

と手下たちが潜んできたが、竹蔵は、

「これからが本番でさあ」

と交代することを許さなかった。

夏の朝だ、七つ（午前四時）の刻限には辺りが白く染まってきた。

どこかの役宅で鶏を飼っているのか、

こけこっこ

と黎明を告げて鳴いた。

「坂崎様、どうやら無事に朝を迎えることができました」

という竹蔵の言葉を聞きながら、磐音はこの数日の内に決着をつけるにはどう

したものかと思案した。そして、

「親分、そなたを使いに立てて悪いが、笹塚様に会うてくれぬか」

「口上がございますので」

「こうだ」

と磐音が竹蔵の耳元に囁いた。

三

徹宵明けの顔で尚武館佐々木玲圓道場の朝稽古に出た。すでに本多鐘四郎ら大勢の門弟衆が広い道場の拭き掃除を始めていた。

「師範、遅くなり申し訳ございません」

床に両膝をついた格好で顔を上げた鐘四郎が、

「そなたは川向こうから来るのだ。少々の遅刻は致し方なかろう」

と言いながら、磐音の姿に、

「うーむ、そのなり、夜露に打たれて夜明しした様子じゃな」

と立ち上がってきた。

「髭は伸びておるし、なんとのう疲れが体じゅうに染み付いておるようだ。今津屋に泊まったわけではなさそうだし」

と首を捻った。

「それがしのことはようございます。それより師範、四日後に、それがしとおこんさんは江戸を離れることになりそうです」

「最前、先生に朝の挨拶に参った折り伺うた。それがしの祝言は気にいたすな。それよりそなたは、これからの江戸暮らしの足元をおこんさんと二人しっかりと固めてこい」

「残念にございます」

「そなたが出席できないのはそれがしもちと寂しく思うが、先生がそれがしの後見をなさってくださるそうだ。それに出席を望む者はいくらもおる」

「長年の道場暮らしでお知り合いも多うございますゆえ」

「そのことだ」

と鐘四郎が頷き返し、

「稽古の相手を務めてくれ。これからそなたと打ち込み稽古をいつでもできなく

「分かりますか」

なると思うと、それが一番の心残りだ」

「お願い申します」

磐音も木下一郎太の一件で鬱々とした気持ちを胸に抱いていたため、打ち込み稽古をし、心身ともに苛め抜くのは望むところだ。それも手のうちを知り尽くした者同士、なんの遠慮もいらなかった。

磐音と鐘四郎の稽古、敢えて打太刀、仕太刀を決めることもない。自在に攻め、自在に受けては反撃し、悠然たる応酬が四半刻、半刻（一時間）と続き、阿吽の呼吸で互いが竹刀を納めた。

「師範、よい汗をかかせていただきました。心の中に鬱々と溜まっていたものがすべて汗と一緒に押し流されて、爽快な気分です」

「そなたは爽快やもしれぬ。こちらは気息奄々だぞ」

と言いながらも鐘四郎の顔もさっぱりとしていた。

「なにがあった、坂崎」

「師範の胸に納めておいていただけますか」

「相分かった」

「木下一郎太どのが八丁堀の役宅で蟄居を命ぜられ、竹矢来に囲まれて謹慎なさっておられます。いえ、木下どのがなにをしたわけではなく、城中のさるお方の虎の尾を踏んだというわけです。その探索のきっかけはそれがしに関わることです」

　と言うと、

「なんと、そのような災難に木下どのが遭うておられたか」

　と驚いた鐘四郎が、

「わざわざ言うまでもないが、それがしでよければ、いつ何時なりともそなたらの助勢に駆け付けるぞ」

「師範、お気持ちだけいただきます。ですが、師範はただ今、依田家に入られる大事な身です」

「お市どのもそれがしが蚊帳の外で友の苦難を見逃したと知ったら、それがしを蔑まれようぞ」

「分かっております。この一件、先生も承知で動かれます。まずはそちらの動きを見守りましょう」

　という磐音の言葉に鐘四郎が、

「先生が動かれておるか。ならばそれがしの出る幕はないな」

と得心した。

稽古が終わり、いつものように井戸端で汗を流していると、でぶ軍鶏と瘦せ軍鶏の二人が連れ立って井戸端に姿を見せた。

「坂崎様、国許の関前に戻られるってほんとうですか」

松平辰平が真剣な顔で尋ねた。

「聞いたか。ちとわが坂崎家の事情でな、豊後に戻ることになった。留守の間、道場を頼むぞ。師範も近々お長屋を出られて、依田家に引っ越されよう。となると、住み込みのそなたらがしっかりせねば困る」

「江戸を留守にされるのはどれほどの日時ですか」

「まずは四月かな」

「おこんさんを伴われると小耳に挟みましたが、ほんとうですか」

「そなた、よう承知じゃな。先祖の墓参とおこんさんの引き合わせがこたびの目的でな」

「永の道中、お二人で寂しくございませんか」

辰平がさらに突っ込んで訊く。

「辰平、お二人で寂しいわけがあるまい。邪魔が入らぬだけ、お二人の仲は親密懇ろになられるというものだ。辰平、なにを考えておる」

とでぶ軍鶏の重富利次郎が訝しい表情で問うた。

「うーむ」

と辰平が両腕を組んで考え込んだ。

「辰平、話したきことあらば素直に話せ」

「坂崎様、豊後関前城下は西海道ですよね」

「いかにも、江戸から二百六十里も遠い地だ」

「となれば道中、諸国のいろいろな人々や風物に出会えますし、名所旧跡を見物できますよね」

「であろうな」

と答えながら、磐音は辰平がなにを考えているのかさっぱり見当もつかなかった。

「辰平、はっきり申せ」

利次郎が先に焦れた。

「それがしを同道してはもらえませぬか」

「なんだと！」

と利次郎が叫んだ。

「どういうことじゃ、辰平」

「それがし、六郷(ろくごう)の向こうに参ったことはございません。もしお許しいただければ、坂崎様とおこんさんの荷運びに雇っていただき、同道しとうございます」

「驚いた申し出かな。ただ旅がしたいだけか」

「いいえ、西国への二百六十里の道中には数多の剣道場もございましょう。坂崎様が黙って通り過ぎられるはずもなく、それがしもそのような道場で揉(も)まれとうございます」

「ずるいぞ、辰平！」

　利次郎が叫んだ。

「辰平どの、それがしとおこんさんは荷物運びを従えるほどの身分ではない」

「いえ、それはほんの名目です」

「そのような話は親御どの、次いで佐々木先生にお断りするのが先ではないか」

「いかにもさようです。そこで父上には一昨日相談いたしましたところ、新装なった佐々木玲圓道場の柿落としで剣者第一位になられた坂崎様のお供とあらば、願うてもなきこと、そなたにとってなにより得がたき経験ゆえ、坂崎様のすべてを見習う気で必死に従者を務めて参れ、と鼓舞されました」

「手回しのよいことだ」

「佐々木先生には、坂崎様のお許しが出次第掛け合います」

「なんということか」

磐音が呆れるところに鐘四郎が姿を見せて、驚きを顔に残した利次郎から辰平の思いがけない提案の説明を受けた。

「辰平、えらいことを考えおったな。確かに松平辰平にとってよき修行にも経験にもなろう。だが、坂崎とおこんさんにとってはえらい迷惑じゃな。二人水入らずで旅をしようというのに、このようなむさき邪魔者がいてはな」

と言い、

「だが、待てよ。坂崎、この際だ、中間か小者を一人連れていくと割り切ってしまえば、そなたらの旅も楽にならぬか。その上、辰平の見聞が広がるとなれば一石二鳥ではないか」

「先生がどのように仰せられますか」

迷う磐音に辰平が、

「坂崎様、先生の承諾を得てくればよろしいのですね」

と磬音の返事も聞かずに井戸端から奥へと飛んでいった。

井戸端に慌ただしくも旋風が通り過ぎた感じで、三人はしばし言葉をなくしていた。

「このところ辰平がなんぞ考えていると思うたが、まさかこのような策謀を巡らせていたとは」

利次郎が呆然と呟き、鐘四郎と磬音の顔を見た。

「先生はなんと仰せになるでしょうか」

「坂崎次第と仰せられような」

「それがし次第ですか」

「迷惑か」

「いえ、旅は大勢のほうが楽しゅうございますが、先生がよしとおっしゃれば、次いでおこんさん、さらに関前藩江戸屋敷にもお許しを得ねばなりますまい」

「船旅であったな」

と鐘四郎が遠くを見るような目付きをしたとき、辰平が飛んで戻ってきた。

「先生は坂崎様次第とおっしゃいましたよ」

磬音と鐘四郎が顔を見合わせ、鐘四郎が、

「ほら、みよ」

という顔付きをした。

「それにしても即断だな」

「師範、わが父が佐々木先生に書状を認め、愚息の修行旅よしなにと頼み込んでいたのです。知りませんでした」

「どこも親は甘いな。坂崎、外堀は埋められた、そなたの抵抗もこれまでだ。あとはおこんさん次第だな」

と鐘四郎が宣告し、

「それがし、先生とご相談して参ります」

と磐音は井戸端から母屋に向かった。

今津屋の台所では松平辰平が緊張した面持ちで、おこんが奥から姿を見せるのを待っていた。

磐音はそのかたわらで老分番頭の由蔵に事情を告げていた。

「どうしたの、お二人さん」

おこんの声がして、辰平が、

「坂崎様にご無理を申し上げたところ、おこん様のお許しがあるならばとのご返答にございまして、かく参上いたしました」

おこんが辰平の鯱ばった口調に呆れ、

「一体なんなの」

と磐音を振り返った。

「辰平どのから事情を聞かれよ」

おこんの顔が真剣になった。

「おこん様、一生のお願いにございます。不肖松平辰平の望みを叶えてくださりませ」

「して、その望みとはなんじゃ。忌憚なく申せ、と芝居もどきに答えたくなるわね」

おこんが固い場を冗談で和らげようとした。

辰平が必死で自らの願いを説明した。

「なんだ、そんなことなの。私は構わないけど」

おこんがあっさり返事をした。

「おこんさん、お許しが出たのですね」

「だって旅は大勢のほうが楽しいわ。それに私、船旅は初めてだし、一人でも連れが多いほうが心強いもの」

「ところでおこんさん、船旅ってなんです」

「あら、行きは佃島沖から船に乗るのよ。聞いてないの」

おこんが磐音を見た。

「この話が持ち上がったは最前のことだ。辰平どのに諸々説明する暇はなかった。まずそなたの許しをと思うてな」

「坂崎様、船旅は何日続くのですか」

「陸路二百六十里じゃが、海路が多いか少ないか知らぬ。風具合にもよろうが、順風が続いてひと月か。風待ちが多ければ四十余日かな」

「四十日」

辰平が呆然とした。

「それがし、泳げませぬ」

「辰平さん、私だって泳げないわ」

「辰平どの、われらに従う道中、やめるか」

辰平から即答はなかった。しばし沈黙した後、

「女のおこんさんが覚悟なされたこと。船旅と聞いて腰が引けては松平辰平の武士の面目が廃ります。それがし、なにがあっても坂崎様とおこんさんの足手纏いにならぬように努めます」

「松平の若様、足手纏いは困ります。そなた様は坂崎様とおこんさんの従者ですぞ」

と由蔵が釘を刺し、辰平が、

「畏まって候」

と緊張して受けた。


おこんの日傘がくるくると回り、駿河台富士見坂の石段に影が躍った。おこんの薄く化粧を刷いた顔が緊張に紅潮して見えた。

「殿様がなんと仰せになるかしら」

「本日はご挨拶だけじゃ。そう面倒なことは仰せあるまい」

二人が言葉を交わす後から、辰平がこれまた緊張の様子で従っていた。

磐音は出立まで時間がないこともあって、二人を即刻豊後関前藩の江戸屋敷に連れていくことに決めた。

おこんが慌ただしくも、

「殿様の前に出るのに、召し物はなにがいいかしら」

と思い迷った末に、町人の娘らしく清楚に見える白地の絣木綿に決めた。それがおこんの白い顔を一層引き立てていた。

その間に磐音は湯屋に行かされ、身を清め、無精髭を剃った。さらにおこんが今津屋に用意していた夏小袖と袴に着替えさせられた。湯に入ったせいで徹宵明けの眠気も飛んでいた。

辰平だけが普段着だが致し方なかった。

「ここが上屋敷じゃ」

辰平が豊後関前藩六万石の表門をしげしげと見上げ、

「手入れが行き届いていますね。わが屋敷は久しく職人の手が入っておりません」

と旗本八百七十石の次男坊が呟いた。

「どうした、坂崎。おや、おこんさんも一緒か」

門内から中居半蔵の声が響いた。物産所の建物からどこかのお店の番頭を送りに来た様子だった。

「殿に挨拶に参ったか」

と半蔵がすぐに用件を呑み込み、

「龍野屋どの、今後とも宜しゅう頼む」

と番頭風の男を送り出した。

磐音は松平辰平の一件を手早く説明した。

「なに、一人増えたか。よいよい。帰り船には人ひとり乗せるくらいの隙間(すきま)はいくらもある」

と辰平を見ると、辰平が、
ぺこり
と頭を下げた。

「お父上は幕臣じゃな」

「御小納戸(おこなんど)衆にございます」

「殿に申し上げる。暫時待たれよ」

福坂実高とお代の方はおこんと辰平の面会を即座に許し、磐音ら三人をいつもの奥へと通した。

磐音ら三人は藩主が寛ぐ昼下がりの廊下に平伏した。

「殿、豊後関前の帰省につき、御用船に同乗させていただきたく改めてお願い申し上げます」

磐音の言葉には応えず、

「おこん、顔を上げよ」

と命じた。

おこんは、両手を突いたまま静かに顔だけを上げた。

「おおっ、お代。さすがは今小町として浮世絵にも描かれたおこんであるな。美形じゃ。正睦が気に入るはずよのう」

と実高が洩らし、お代の方が、

「磐音、そなた、果報者じゃな。おこんどのを今後とも大切にいたさねばなりませぬぞ」

と磐音に命じた。

「恐縮にございます」

磐音が応じて、さらに実高がおこんに、

「おこん、坂崎磐音が生まれ育った関前城下をとくと見て参れ」

「お許しいただき、お礼の言葉もございませぬ」

「そなた、近々上様御側衆速水左近どのの養女に入るそうじゃな。そなたならば武家の嫁も立派に務められよう」

「殿様のお言葉に恥じぬよう、精一杯ご奉公に励みます」

「うーむ」

と答えた実高がお代の方に、

「折角磐音とおこんの二人が揃うたのじゃ。酒を取らせよ」

と酒の仕度を命じた。

磐音らは富士見坂の関前藩上屋敷に一刻（二時間）ばかりいて辞去した。松平辰平は福坂実高から、

「若いうちはなんでも修行じゃ。道中、船頭らと一緒になり、体を動かしてみよ。さすればなんぞ得るところもあろう。また関前では存分に見物いたせ、磐音の剣術の師中戸信継も、老いたが未だ健在ゆえ道場に通え」

と言葉を賜り、

「坂崎様、こうなれば直ちに屋敷に戻り、母上と相談し、旅仕度にかかります」

と富士見坂を下りたところで、一人だけすっ飛んで戻っていった。

四

磐音は今津屋におこんを送っていき、普段着に着替えると、店奥の階段下の小部屋に入り、仮眠した。

磐音が目を覚ましたのは五つ半（午後九時）の刻限。すでに今津屋は店仕舞いし、奉公人らは夕餉を済ませ、大半の者が二階の部屋にいた。

磐音はおこんに給仕されて、一つだけ残されていたお膳に向かい合った。おこんが蛤（はまぐり）の潮（うしお）汁を温め直していると、老分番頭の由蔵が台所に姿を見せた。

「連日のお役目、ご苦労にございますな」

由蔵とおこんは、木下一郎太閉門謹慎のことを数日前に磐音から聞かされていた。

「出立が迫っておりますれば致し方ございません。今晩辺りで決着をつけたいのですが」

「現れそうですか」

「昼間、笹塚孫一様が動いておられます。仕掛けに食いついてくれるとよいのですが」

磐音は今朝方笹塚のもとに竹蔵親分を走らせ、頼みごとをしていた。それに従い、南町年番方与力笹塚が八丁堀の木下邸を訪ね、新たな沙汰を命じていた。その内容は、なぜか半刻もせずして八丁堀界隈に広まっていた。

木下一郎太は南町奉行所定廻り同心の職掌（しょくしょう）を解かれ、当分の間、奉行所内勤当番方として奉行所内で外出も許されず勤務するという沙汰だ。

その新しい沙汰がどれほど続くか、木下一郎太が降格することだけは確かのようだった。

そんな噂が八丁堀界隈に広まった。

南北両町奉行所各六人と限られた定廻り同心は町方の中でも花形部署だけに、

「これで木下一郎太も終わりじゃな」

と考え、

「おれが後釜に」

と密かに狙っている同心たちがにんまりとして、早くも猟官に動こうとした。

そんな外の動きとは別に由蔵が、

「実高様はおこんさんと会われ、ご機嫌だったようですな」

と磐音に訊いた。

「ひと目でおこんさんを気に入っていただいたようで、旅のあれこれをご注意なされた上に、関前城下を訪ねたらあそこにも参れ、ここも訪ねよと懇切にご指示くださいました」

「まずはようございました。これで坂崎様のお母上ももうなにもおっしゃいますまい。なにしろ藩主様お声がかりの国許入りですからな」

と由蔵が言い、おこんが、

「老分さん、たかが町人の女がお許しを得て豊後関前藩を訪ねるだけの話です。国許入りなんて大袈裟（おおげさ）ですよ」

と苦笑いした。

「坂崎様、金兵衛長屋は、江戸に戻られるまでそのままに残されますか。それとも引き上げますか」

「四月、空けておくのも不用心にございます。家財道具とて僅（わず）かですし、明日にも金兵衛どのに相談に伺います」

と答える磐音におこんが、

「明日でよいのなら、私が六間堀に行き、お父っつぁんの家に家財道具を移しておくわ」

「それがしが動けぬときは頼もう。できることならば同道して、金兵衛どのに願いたきこともある」

「この期に及んでなにを頼むというの」

「前々から話に出ながら、未だ果たせなかったご先祖の墓参を済ませたいのじゃ」

「おっ母さんの墓参りね。私も考えていたところよ」

「となると、今晩にも始末をつけたきものじゃ」

磐音はおこんが調えてくれた夕餉の膳に向かった。そうなるともう、その場に由蔵とおこんが同席して、豊後関前の坂崎家への土産をどうするかなど話していようが、呼びかけようが、全くうわの空。戻り鰹の塩焼き、ヒジキと人参を一緒に炒めたおから、蛤の潮汁を食することに専念し、満足した。

「よし、これでこちらの仕度は終えたぞ」

と呟いた。

「ご苦労さま。でも、竹矢来の中に謹慎しておられる木下様の身を思うと、ここが頑張りどころよ」

とおこんに鼓舞された磬音は険しい顔に戻り、包平を摑んで立ち上がった。

磬音は今津屋の裏口から、由蔵、おこんに見送られて出た。

月明かりが路地に淡く散り、虫の集く声が響いていた。

「造作をかけた。首尾不首尾に拘らず、明朝には戻って参る」

と言い残すと、米沢町から八丁堀へと夜の町を早足で向かった。


磬音が亀島橋下に舫われた苫船に到着したのは、四つ半（午後十一時）前のことだった。

船には竹蔵親分がいて、夜食の握り飯を食していた。

「ご苦労さまにございます」

「親分、どのような按配じゃ」

「さすが、南町の大頭様は知恵者ですね。竹矢来の木下邸を訪ねるのに、南町から継裃に草履取、槍持、若党ら一党を仰々しくも従え、わざわざ襟に書状を覗かせて門前に到着なさいました。その上、竹矢来の前で大声を張り上げて開門を告げられ、屋敷の中に一人お入りになられました。まるで芝居がかっておりましたよ。そのせいで、木下様の運命をあれこれする噂が一瞬の間もおかず八丁堀に飛び交い、大騒ぎでしたぜ」

と苦笑いした。

「城中のさるお方のお耳に達したであろうか」

「間違いございませんや。密偵があちらこちらで聞き込みに廻っているのを見かけましたからな。今晩にも押し出してきますぜ」

「決着をつけたいものじゃ」

と磐音が本心を洩らした。

「読売屋も手薬煉（てぐすね）引いて待ち受けてまさあ」

と磐音に告げた竹蔵が、残った握り飯を早々に食い終え、

「お供します」

と船中から腰を上げた。

磐音は船に転がっていた木刀を手にして、重さを見ていたが、

「借りて参ろうか」

と言った。

磐音と竹蔵が木下邸の竹矢来を望む他家の塀の下の植え込みの陰で見張りに付いたのは九つ（夜十二時）前のことだ。

灯りもない暗がりには蚊が飛び回る音だけが響いた。

風が昼間の名残の暑さを吹き飛ばしてくれるのが唯一の救いだった。

九つ半（午前一時）が過ぎ、八つ（午前二時）の時鐘がそろそろ響こうという刻限、磐音が、連日の見張りについうとうとし始めた竹蔵親分の腕を触った。

虫の鳴き声が消えていた。

「おっと、ついうっかり」

「親分、引っかかりおったわ」

磐音の言葉に竹蔵が寝惚け眼を木下邸の周りに向けたが、その気配を感ずることはできなかった。だが磐音は確信しているのか、泰然としてその時を待っていた。

さらに時が流れ、時鐘が八つを告げ、虫が再び鳴き出した直後、淡く照らす月明かりの下、黒覆面の一団が静かに姿を見せた。

その数、十数人か。

羽織袴の武家が指揮をとるつもりか、一団の後方に控えていた。

「来ましたな」

「夏が過ぎようというのに幽霊が出おったな」

十数人の刺客は旅の武芸者か、あるいは江戸近郊の町道場の面々が金子で雇われたか、そのような風采に見えた。

一団の中に紛れた黒装束は密偵か、仲間の肩を借り受けて木下邸の板塀を乗り越えた。通用口を内部から開けるつもりだろう。

坂崎磐音と竹蔵親分が立ち上がったのはその時だ。

門前に待機する一団に背後から悠然と近付いた。

気配を感じた羽織袴の武家が振り返った。

「お待ち申しておりました」

「そ、そのほう、何者か。かような刻限に怪しげよな」

「お武家様、そいつはこっちが言う台詞ですぜ。おまえ様方がどこのどなたか、推量がつかない地蔵の竹蔵じゃねえんだ。夜盗まがいの所業、おまえ様の主様の体面に関わりませんかえ」

と竹蔵が小気味よく啖呵を切った。

「うっ」

と相手が言葉に窮した。

「うちの旦那がなにをしたというんです。町方同心が、柳原土手で起こった騒ぎの探索をするのは当たり前のこった。しねえのなら、役目怠慢とお叱りも受けましょう。だが、南町奉行所定廻り同心木下一郎太様は、自分の務めを果たそうとなすった。そいつが気に入らねえからと、今度は殺してしまおうって魂胆ですかえ。そんな理不尽は、長年旦那のもとで御用を務めてきたこの地蔵の竹蔵が許さねえ」

八丁堀の夜に響いた竹蔵の声に、あちらこちらで耳を欹(そばだ)てる者がいた。これも磐音が仕掛けた一つで、江戸の読売屋があちらこちらの闇に潜んで騒ぎを見守っていた。

「おのれ、御用聞きの分際でぬかしおったな。わが主様がどのようなご身分か知りもせず大言壮語するとは許せぬ」

「おっと、珍しくも巻紙紋の御用人様、おまえ様、とち狂って主の名なんぞ叫ぶとその腹何度搔(か)き切っても済みませんぜ」

巻紙紋は巻紙を二本交差させた家紋で極めて珍しい。田沼意次の御用人の一人、葉山文左衛門(はやまぶんざえもん)と、知る人ならすぐに分かる。

竹蔵の反撃に言葉を詰まらせつつも、葉山が金子で雇った面々に手で命じた。

一団が木下邸に押し入る前に突然姿を見せた二人に攻撃の狙いを変えた。

一団の中から大兵の武芸者が進み出た。腰の大小の他に小脇に太い赤樫の棒を持参していた。

「参る」

「神捕流棒術十川大角」

と名乗った巨漢の前にするすると磐音が出た。

かたわらで竹蔵が長年使い慣れた十手を構えるのが見えた。

「親分、手出しは無用にござる。地蔵の親分にはそれがしの後見を願おうか」

と言い置いて磐音はさらに間合いを詰め、木刀を正眼に置いた。

相手の十川が六尺五寸余の棒を斜めに寝かせるように構えた。その後方に、仲間の三人が剣の柄に手をかけて従った。

磐音と十川の間合いが詰まった。互いが踏み込んだせいだ。そこで一旦動きを止めた。

八丁堀にぴりぴりとした緊迫が走った。

十川は刺客に雇われたことを忘れて、

「ええいっ」

と大声を発して自ら気合いを入れ、斜めに寝かせていた赤樫の棒をゆっくりと

立て、頭上でぐるぐると回転させ始めた。棒の先端が磐音の木刀を掠(かす)めて速度を増し、

ぶんぶん

と夜気を裂く音が響いた。

「神捕流棒術秘技の一、木っ端微塵(こっぱみじん)」

堂々とした声が棒の回転音の間から響き、十川が一気に踏み込もうとした。

その瞬間、磐音も、

そより

と春風が草原を吹くように動いて、棒の回転の間合いにふわりと身を入れ込み、襲いかかる赤樫の太棒を、

がつん

と叩いていた。その途端、

ぼきん

という音が鳴り、なんと太棒が二つにへし折られて、先端が仲間の群れへと飛び込んで二人ばかり強襲して倒した。

悲鳴が上がった。

そのとき、磐音の木刀が立ち竦む十川の肩口を叩いて砕き、その場に転がしていた。

「やりおったな！」

「殺せ、始末をいたせ。格別に褒賞を取らせる！」

木下一郎太の口を封じようと夜盗まがいの行動を取っていることも忘れて、田沼家の御用人が叫び、刺客たちが磐音に一斉に襲いかかろうとした。

磐音は木刀を手に、輪を縮める一団の中に飛び込み、木刀を自在に振るって相手の胴、小手、肩口、腰、足と次々に打ち伏せた。

その実力江都一と称される直心影流尚武館佐々木玲圓道場の後継者が、気合い十分に迎え討った勝負だ。

一瞬の裡にばったばったと木刀に打ち据えられた武芸者たちが八丁堀の通りに転がった。

野分が吹き荒れて通り過ぎた感じだ。

あちらでもこちらでも呻き声が上がっていた。

その場に立っているのは磐音と竹蔵の他、田沼家の御用人の葉山文左衛門と密偵だけだ。

葉山は予想もかけぬ展開に言葉もない。

「御用人、一寸の虫にも五分の魂ってやつだ。おまえ様方が御城のご威光を振り翳すならば、わっしら町方も必死で抵抗いたしますぜ」

「おのれ」

と震えながらも歯軋りする葉山御用人の耳に、木下邸の通用口が、

ぎいっ

と開く音が聞こえて、門内に忍び込んだ密偵の一人が突き出されて、ばたんと通用口が閉じられ、

ごろり

と転がった。

一郎太が手捕りにしたのだろう。

「河岸の鮪がもう一本増えたってやつだ。御用人、今晩の勝負、おまえ様の負けだ。こやつらと一緒に引き上げなせえ」

と竹蔵が許しを与え、

「巻紙紋の御用人、おれの長台詞もこれが最後だ。よく耳をかっぽじって聞いていきねえ。この騒ぎ、江戸じゅうの読売屋が聞き耳を立てているんだぜ。下手に

あとで騒ぐと、主様の首だって、決して安泰じゃねえぜ」

と竹蔵が言うと、あちらこちらの闇から、

ばたばた

と足を踏み鳴らして存在を告げる音が重なり響いた。

「くそっ」

と罵(のの)り声を上げた葉山が、

「引き上げじゃ。しっかりいたせ」

と腹立たしげに叫んで、その声が力なくも八丁堀に流れた。

翌朝、おこんと磐音はまだ涼しい中、両国橋を渡り、東広小路に出た。すると偶然にも楊弓場(ようきゅうば)「金的銀的(きんてきぎんてき)」の主、朝次(あさじ)親方に会った。朝次は朝湯の帰りだ。顔が艶々(つやつや)としていた。

「ご両人さん、そんな急ぎ足とは駆け落ちかえ」

「親方、日中駆け落ちもあるもんですか。おっ母さんの墓参りに坂崎さんを伴うところよ」

「ということは、おこんさん、いよいよ独り身もおしめえかえ」

「貰ってくれる人がいるときが華だもの、年貢を納めるわ」

「なんにしても目出度えや。仏様に花を買うんならよ、回向院前の花善に、平井村辺りから運び込まれたばかりの菊があったぜ」

と仏花の買い場所まで教えてくれた。

「坂崎さん、おこんさんは深川の花だ、いつまでも大切に可愛がってくださいよ」

「畏まってござる」

磐音は朝次に丁寧に頭を下げた。

「坂崎様」

両国橋から大声が響いた。

竹蔵親分が小走りに姿を見せた。

「たった今、今津屋を訪ねたら、六間堀に向かわれたと由蔵さんに聞かされて、走ってめえりやした。木下の旦那の蟄居閉門が解かれ、定廻り同心に復帰なされる沙汰が、お奉行の牧野様から出たそうですぜ」

「ほう、それはよかった」

読売屋にも世間にも八丁堀にも、木下一郎太を密かに暗殺して口を封じようとした行動を知られたこと、加えて佐々木玲圓が家治側近の速水左近に木下一郎太の一件を上申した結果、速水が幕閣に根回しして、田沼意次の横暴を牽制したことも手伝っての素早い職場復帰かと、磐音は考えた。

「まずは目出度い」

「おこんさん、おまえさんのご先祖の墓はどちらだえ」

「海辺(うみべ)大工(だいく)町(まち)の霊巌寺(れいがんじ)様ですけど、親分」

「金兵衛さんともども一家三人で水入らずの墓参り、おっ母さんが喜びますぜ」

と胸の中の悩みが取り払われた竹蔵親分が、晴れやかな顔で二人に言った。

第四章　二つの長持ち

一

坂崎磐音は江戸から豊後関前へ船旅をする前日の昼下がり、浅草御門下の船着場から船に乗って、神田川へと乗り出した。

同乗者は今津屋の振場役番頭の新三郎、急遽旅に加わることになった松平辰平。船頭は船宿川清の小吉である。

船の真ん中には祝い幕がかけられた長持ちが二棹、でーんと載っていた。

「さすがは今津屋おこんさんの船旅だ。豪儀じゃありやせんか。長持ち二棹なんて」

櫓を操りながら馴染みの若い船頭が言う。

八つ（午後二時）過ぎの陽光が神田川を照らし付けていたが、白い光の中にそこはかとなく秋の気配が感じ取れなくもない。

「小吉どの、これでもだいぶ持参する荷を少のうしたのだ。お内儀のお佐紀どのが呉服屋や小間物屋に頼まれた品々は半端ではなかった。四季の着物から反物、小間物と、まあ驚くほどであったぞ」

今津屋の奥座敷に呉服屋の番頭や手代が運び込んだ品々を見て、おこんが慌て、

「お内儀様のお気持ちだけ頂戴いたします。私は坂崎様の国許に嫁に参るのではございません。ご挨拶に参るだけです」

と断ったが、お佐紀は平然としたもので、

「坂崎様には母上様も妹御もおられます。反物は土産にしてください。それに坂崎様が担いで道中なさるわけでもございません。船が運んでいってくれるのですから」

とおこんが返そうとした品をまた元の場所に戻した。

「私にとって身内同然のおこんさんが、今津屋の後見坂崎様のご実家にご挨拶に伺うのです。今津屋の体面もございます。腐るものではなし、荷は船が運んでくれるのです。お持ちなさい」

お佐紀が念押ししておこんが困惑の体（てい）で磐音を見た。

磐音が口を開く前に吉右衛門が、

「おこん、坂崎様、お佐紀の気の済むように受けてくだされ。関前の御用船に長持ちが積み込めぬとあれば、老分さん、廻船問屋で千石船を一隻関前まで借り上げなされ」

と由蔵に命じ、由蔵も、

「それはよい考えでございます。この際です、おこんさん用の千石船を同道させましょうか」

と真面目（まじめ）な顔で答えたものだ。

この主従、このくらいのことは平気でやりのけた。

おこんが、

「旦那様も老分さんもやめてくださいまし」

と悲鳴を上げた。

結局、お佐紀が用意した大半の品々を長持ち二つに納めることになった。中には格別厳重に畳紙（たとうがみ）に包まれた衣装がいくつかあって、お佐紀はおこんに、

「慌ただしい旅前に見ることはないですよ。あちらに参り、お屋敷に落ち着いた

とき、畳紙を開いて身にあててください。おこんさんが気に入るとよいのですが」

　とお佐紀が言い添えた。

　そのとき、おこんがついに、

「お内儀様、奉公人のこんに勿体ないお心遣いにございます。お礼の言葉もございません」

　と瞼を潤ませ、両手を顔に当てて身を震わせたものだ。

「坂崎様、私の荷など足元の風呂敷一つですよ」

　と松平辰平が見せた。

「辰平どの、男の道中の持ち物はそれでも多い。陸路なれば毎日十里は歩く。となれば、そなたの荷は重うて道中の邪魔になる。不意に人に襲われても自在に両手が使えぬ。武士の旅は身嗜みに気をつけねばならぬが、手行李に手拭い、下帯の替え一組もあれば十分じゃ。それで幾月も旅ができねば、武者修行など無理じゃな」

　磐音は辰平が豊後関前行きに同行を願ったのにはなにか別の大望あってのことと思っていた。おそらく諸国を遍歴して武者修行したいのであろうが、江戸育ちの辰平は最初からその自信はなかった。それに直参旗本の次男が武者修行と言い出したところですぐに父親から許しが出るとも思えない。そこで磐音らの関前行きに同道を願ったものと推測していた。

「これでも多うございますか」

「多いな。強いて申せば身一つかな」

「坂崎様のように諸国を旅されたお方は、そう滅多におられるわけではございませんよ。松平の若様も道中を続けるうちに、これは要らぬ、あれは要らぬと気付かれましょう」

と新三郎が笑った。

船はすでに大川に出て両国橋を通り過ぎていた。

「母上が、旅に出ると水が変わるゆえ体に変調を来たすなどと、どこから聞き込んできたか、越中富山の薬売りのように万病の薬を持たせました。船酔い止めの薬だけでも何種類もあります。船中、入り用のときは、私が御用を承ります」

「その折りは頼もう」

小吉は流れに船を乗せて櫓をゆったりと操ったが、船足は早く、前方に新大橋が見えてきた。

磐音の視線は数年暮らした深川へと向けられていた。

金兵衛長屋は引き上げ、河出慎之輔、舞夫婦、それに小林琴平の三柱の位牌は金兵衛が自分の家の仏壇に預かり、朝晩灯明を点して勤行(ごんぎょう)をすると約束してくれた。

長屋を引っ越したその日、磐音とおこんは金兵衛に連れられて、金兵衛の亡き女房、おこんの母親のおのぶの墓参りに霊巌寺に行った。

浄土宗のこの寺は家康、秀忠、家光の三代将軍が尊信したという由緒正しきもので、寛永(かんえい)元年（一六二四）に霊巌島に創立されたが、明暦(めいれき)の大火後に深川の海辺大工町に移っていた。

三人は小さな墓石を清め、花と線香を手向(たむ)けた。

磐音が合掌し、頭(こうべ)を垂れていると、金兵衛の声が耳に入った。

「おのぶ、とうとう、おこんが嫁に行くぞ。おめえとおれの娘にしては上出来だ。お相手が勿体ねえくらいのお侍だ。それもよ、豊後関前藩六万石の国家老様のご嫡男だよ。世が世であれば、結ばれるわけもねえ身分違いだ。それがさ、縁あって、おこんと結ばれたんだよ。驚くな、おこんは公方様の御側御用取次速水左近様の養女になってよ、江戸でも名高い直心影流佐々木道場の、跡継ぎとなられる坂崎磬音様と祝言を挙げることになったんだ」

金兵衛の声が涙に曇った。

「おのぶ、二人はよ、祝言を前に豊後関前の坂崎家に挨拶に行くんだよ。おこんは今津屋で長年奉公してきた身だ、礼儀くらいは身につけていよう。まあ、粗相もあるめえが、道中は船旅だ。おめえに力があるなら、道中安全を見守ってくんな。頼むぜ、おのぶ」

と亡き女房に縷々（るる）願ったものだ。

磬音は墓参を終えて山門を出るとき、なぜ早くこの場所に来なかったかと後悔したものだ。

とにかく足掛け六年に及ぶ磬音の深川六間堀の裏長屋暮らしは、一旦幕を閉じた。

磬音が物思いに耽っていると頭上から声が降ってきた。

「坂崎様、このとおり木下の旦那がお役に戻られましたぜ」

振り仰ぐまでもなく地蔵の竹蔵親分の声だ。

永代橋の上に、紗（しゃ）の巻羽織に格子縞（こうしじま）の着流し、大小のかたわらに十手を小粋に差し込んだ南町奉行所定廻り同心木下一郎太が、爽やかな顔で手を振っていた。

「坂崎さん、こたびは大変厄介になりました」

一郎太が腰を折り、頭を下げた。

「なんのことがありましょうや。手柄は地蔵の竹蔵親分です。それがしは脇役にございましたぞ」

と笑いかけた途端、船は永代橋下へと入り込んだ。

橋の上を移動する雪駄の足音が響き、船が再び川面に姿を見せると、

「坂崎さん、あとで今津屋に挨拶に参りますよ」

と一郎太の声が響いた。

小吉の漕ぐ船は木下主従と別れ、越中島を左に見て佃島沖へと向かった。行く手に帆桁を斜めに傾げて休める豊後関前藩の借上げ弁才船が二隻、並んで停泊しているのが見えてきた。

正徳丸と豊後一丸だ。

小吉の船は磐音の指示で正徳丸の船縁に横付けされた。すると中居半蔵の顔がいきなり覗いた。

「おお。おこんさんの荷を運んできたか」

半蔵が水夫らに命じ、船縁から縄梯子と縄が何本か投げ落とされた。

「坂崎、そなたらは荷揚げの邪魔だ。まず船に上がれ」

　半蔵の命で磐音と辰平が縄梯子を上がった。小吉は櫓を操って船を安定させ、新三郎は荷揚げを手伝うために小吉の船に残った。

「松平辰平どの、ようこそ関前の御用船に参られたな。そなたの父上から丁重なる書状をいただいた。玲圓先生からも文をいただき、却って恐縮しておる」

「はい」

　と答えた辰平が、

「過日、福坂実高様からご忠言をいただきましたように、それがし、船中では水夫と同様の扱いにて働きますゆえ、宜しく船頭どのにお頼みのこと、お願い申します」

　半蔵が主船頭と今一人の人物を呼んだ。二人目は磐音が知る人物、市橋太平で、勇吉の兄である。

「坂崎様、お久しゅうございます」

「おお、市橋どの、久しいのう」

　太平とは関前藩道場、神伝一刀流中戸信継の同門の間柄だ。

　明和六年（一七六九）、磐音が江戸勤番兼佐々木玲圓道場での剣術修行が藩より認められ、関前を離れたおよそ八年前以来だ。

「掛け違いまして坂崎様とはお目にかかる機会を逸しておりました。勇吉がお世話になっているようで恐縮にございます」

太平は磐音より二、三歳年下であったように思う。剣の技にさほど抜きん出たものがあった覚えはないが、こつこつと稽古を積んでいる光景を磐音は明確に思い出すことができた。

「坂崎、借上げ船とは申せ、御用船で定期的に荷を運んでおるでな、今では物産所所属の藩士を何人か警護方として同船させることにしておる。また物産事業を身を以て知るためじゃ。正徳丸と豊後一丸にそれぞれ二人ずつ乗船させて、市橋太平は二組の頭(かしら)を務めておる」

半蔵が説明した。

「市橋どの、こたびは世話になり申す」

磐音は頭を下げた。

船頭は倉三という壮年の者で、磐音とは知り合いだ。

「倉三どの、大荷物を運び込んで迷惑とは思うが、よしなに頼む」

「過日も申しましたが、帰り船にございます。船倉は空(す)いておりますゆえ、長持ちの二つくらいならなんとでもなりますよ」

　と倉三は請け合った。

　磐音らの目の前で長持ちが正徳丸の船上に上げられ、さらに船倉へと消えていくのに、さほどの時間はかからなかった。

「坂崎様、明朝七つ半（午前五時）出帆にございます」

　倉三が言い、

「ならばわれらは七つまでには乗船いたそう」

と磐音は応えた。


　この夜、今津屋の奥座敷に大勢の人々が集まった。

尚武館道場から佐々木玲圓、おえい夫婦、師範の本多鐘四郎に依田市、おこんの父親の金兵衛、豊後関前藩から中居半蔵、さらに南町奉行所から笹塚孫一と木下一郎太、御用聞きの竹蔵親分、医師の中川淳庵（なかがわじゅんあん）、桂川甫周国瑞（かつらがわほしゅうくにあきら）、さらに品川柳次郎と幾代の母子、と多彩な顔ぶれだった。

　竹村武左衛門にも知らせたが、不運にも横川の船問屋の荷役の仕事を請け負い、神奈川宿まで泊まりがけで出かけたとかで、別離の宴（うたげ）に招くことはできなかった。

料理は今津屋出入りの仕出し屋の料理に、宮戸川の鉄五郎親方が今や江戸名物となった、

「深川鰻処宮戸川」

の自慢の蒲焼やら白焼きを持参して、膳に彩りを添え、親方もそのまま席に着いた。

今津屋からは主の吉右衛門、お佐紀夫婦、老分の由蔵が当然加わり、まず吉右衛門が座敷の下座に控えた磐音とおこんを見て、

「ひと言ご挨拶を申し上げます。今津屋の後見でもございます坂崎磐音様と、今津屋の奥向きを仕切って参りましたおこんが、こたび新たな旅立ちをいたすことと相成りました。もはや二人の行く末をご存じの方もございましょうが、佐々木玲圓先生、おこんの父親金兵衛どののお許しを得て、改めてご披露申し上げます」

と吉右衛門が前置きして、一座の皆が謹聴した。

「坂崎様は、先ごろ増改築なった尚武館佐々木玲圓道場の後継として、時期を見て佐々木家に養子に入られることに相成りました」

おおっ！

と驚きの声を上げたのは、御用聞きの竹蔵親分だ。

「今津屋の旦那、すまねえ。つい大声を上げちまい、旦那の話の腰を折っちまった」

と詫びた。

御典医にして蘭方医(らんぽうい)の桂川国瑞も、

「本日の催しにそのようなからくりがあろうとは存じませんでした」

と言い、一同が再び吉右衛門に注視した。

「佐々木先生は名実ともに江戸有数の剣道場主のみならず、ご先祖の縁で幕閣とも深い繋がりがおありになります。こたび、立派な剣道場に改装されましたが、継嗣のないことが佐々木家の悩みでございました。その後継として坂崎様がお入りになる、これ以上打ってつけの話はございません。真(まこと)に目出度きことです。さて、予(かね)てより坂崎様と所帯を持つことを心に固めておったおこんにございますが、町人の身ゆえいきなり佐々木家の嫁になるには憚(はばか)りがございます。そこでおこんは一旦上様御側御用取次速水左近様の養女になり、しかるべき時期を経て、坂崎様と祝言を挙げる段取りがつきましてございます」

「旦那、ようやく察しがついたよ。豊後関前の坂崎家のお許しを得るために、二人して参られるのですね」

「そういうことですよ、竹蔵親分」

　吉右衛門の答えに一座が得心の様子で頷き合った。

「坂崎家でも嫡男を出されるのです。坂崎様が藩を離れられた経緯は一座の方々も薄々とながらご承知のことにございましょう。敢えて説明は加えませぬ。新たな運命に向かい、まさしく船出するお二人のために、かような宴を催した次第にございます。この場におられるのは身内同然の方々ばかりにございます。一夕、二人を酒の肴に談笑していただければ、これに勝る喜びはございません」

　吉右衛門の挨拶に拍手が湧き、

「坂崎様、おこんさん、おめでとうございます」

　と竹蔵親分が思わず感激の言葉をかけて、二人は深々と頭を下げた。

「このような仕儀と承知していれば、無理にも織田桜子様をお連れ申すのだったな」

　と国瑞が後悔の体で言った。

　桂川国瑞と織田桜子は来春祝言を挙げることになっていた。

「坂崎様、おこんさん、真にお目出度うございます」

と磐音のかたわらに幾代が来て、おこんが、

「幾代様、正月以来にございます。先日は手描きの団扇を頂戴し、真に有難うございました。奥から店まで重宝して使わせていただいております」

とおこんが応じ、幾代が目を細めて、

「ほんにお似合いのお二人じゃ」

と眺め、

「これ、柳次郎、どこぞにこのようなお嫁様はおらぬのか。いつ母を安心させてくれるのか」

といつもの嘆きを思わず口にした。

「母上、本日はお目出度い席にございます。わが家の愚痴を言う場所ではございません」

と柳次郎が窘め、

「木下どの、よもやそなたの母御はこのようなことを始終愚痴られることはござらぬでしょうな」

と問うた。

「品川さん、何処も母親は同じですよ。蟄居謹慎の間じゅう、私は母上から、嫁

も娶らぬゆえかような目に遭うのですと、理不尽な追及を何度受けたことか。閉門が解かれてなにより嬉しいのは母上の愚痴を聞かずに済むことです」

と苦笑いした。

「なんだ、どこも一緒か」

と柳次郎が言い、

「一郎太、品川どの、それがしが纏めてそなたらの嫁女を紹介いたそうか。いかがでござるか、母御どの」

と言い出したのは、南町奉行所の切れ者与力笹塚孫一だ。

「笹塚様、どなた様かお心当たりがございますか」

「母御どの、なくもない」

「笹塚様、倅のこと宜しくお願い申し上げます」

と幾代が頭を下げた。

そのかたわらから真面目な顔の木下一郎太が、

「笹塚様、それがし、嫁まで上役に押し付けられとうはございません」

とにべもなく断り、一座が、
わあっ

と快哉（かいさい）を叫ぶ若い者と、

「なんと嘆かわしい言葉かな」

と嘆く年寄り派とに分かれた。

今津屋では明日の旅立ちを前に悲喜こもごもの想念が交錯して、賑やかにも夜が更けていった。

二

磐音が身仕度をして今津屋の仏間に入ったとき、すでにおこんが灯明を点し、線香を手向けて、先妻お艶の位牌に向かって頭を垂れていた。

磐音もおこんのかたわらに座して線香に火を点（つ）けた。しばし線香の煙に視線を向け、お艶と最後に参った、大山参りの光景を思い浮かべた。

線香を立て、鈴（りん）を鳴らした。

磐音も合掌した。

（お艶どの、豊後関前までおこんさんを伴います。道中無事でありますよう、お艶どののお力をお貸しくだされ）

瞑目した両眼を開け、お互いの顔を見ると、

「坂崎さん、宜しくお願い申します」

「おこん、参ろうか」

と声を掛け合った。

二人は揃って吉右衛門、お佐紀の寝間に続く居間を訪ねた。すでに灯りが入り、障子が開け放たれた座敷に二人は待ち受けていた。

廊下に座した二人は、

「今津屋どの、お佐紀どの、参ります」

「道中くれぐれも気をつけてくだされ」

と磬音と吉右衛門が短く言葉を掛け合い、頷き合った。

「お内儀様、お腹のやや子が大事な時期にお店を抜けますこと、申し訳ございません。旅の空からお内儀様とやや子の無事と成長をお祈り申しております」

「おこんさん、元気でね。あとは坂崎様にお任せなさい」

「はい」

再び頭を垂れた二人は奥座敷から内玄関を通り、店に出た。すると老分番頭の由蔵以下、小僧の宮松、住み込みの女衆まで全員が揃い、

「後見、おこんさん、道中無事をお祈りしていますよ」

「坂崎様、おこんさんを宜しく」

と口々に声をかけた。

「店じゅうを起こしてしまい申し訳ござらぬ。坂崎磐音、おこんさんの身、わが一命に代えても無事江戸まで連れ戻る所存にござる」

と磐音が約定し、おこんがそのかたわらで無言で腰を折り、頭を下げた。

「ささっ、猪牙の仕度がなってますぜ」

と町内の鳶(とび)の親方の捨八郎(すてはちろう)が二人に呼びかけ、磐音とおこんの背に切り火を打ち合わせてくれた。

「行ってらっしゃいませ」

大勢の声に送られて、二人は浅草御門下の船着場から船宿川清の小吉の猪牙舟に乗り込んだ。すでに番頭の新三郎が乗っており、由蔵も佃島まで見送る様子で磐音とおこんの後に続いた。

猪牙舟は舫い綱が解かれ、小吉が竿(さお)を立てて舟を固定させていたが、その竿を抜いて新三郎が船着場を手でぐいっと押したので、神田川の流れに乗った。

竿が二度、三度と使われ、櫓に替えられた。

「今小町、おこんさんの鹿島立ちにございますよ！」

と威勢をつけた小吉が、

「順風よ、吹け吹け、

富士を横目に

相模、駿河、遠州、紀州灘越えて、

三国一の花嫁がよ、海路はるばる

豊後関前のご城下へ、

千石船で乗り込みじゃえっ」

と即興の船歌を歌い、美声で景気をつけた。

「えいのさ、どっこい、

おこんさんの船乗り込みじゃえ！」

神田川に架かる浅草橋上から、捨八郎親方が渋い声で合の手を入れた。そのかたわらから今津屋の奉公人たちが、

「おこんさん、お元気で」

「後見、おこんさんを宜しく願いますぞ」

と言う声が響いてすぐに遠のいていった。

猪牙舟の真ん中に座したおこんは、潤んだ瞼に手拭いを押し当てていた。そのかたわらに磐音と由蔵が並んで腰を下ろした。

「江戸がしばらく寂しくなりますな」

「四月(よつき)です。長いようで短うござる」

「旅をする当人はそうでしょうが、江戸でお帰りを待つ身には長く感じられましょうな」

由蔵の声がしみじみと神田川の流れに響いた。

小吉の猪牙舟は神田川から大川へと乗り入れ、流れに乗って一気に両国橋、新大橋、永代橋を潜(くぐ)って佃島の船着場に到着した。

そこにも佐々木玲圓、金兵衛、木下一郎太、地蔵の竹蔵親分、鉄五郎親方らが見送りに来ていた。松平辰平の緊張した姿があって、そのかたわらに壮年の武家が従っていた。

辰平の父親、御小納戸衆の松平喜内(きない)だ。

「坂崎どの、こたびは倅辰平の無理な願いをお聞き届けいただき、父として恐縮もし、感謝もしております。それがし、辰平より道場の先輩の帰省に同行したいという話を聞かされたとき、なにを寝惚けたことを申すかと一喝いたしました。

そのお相手が坂崎どのと知り、一転、辰平になんとしてもお聞き届けいただけるよう伏してお願い申せと焚き付けた次第にござる。それと申すのもこの辰平、近頃の若者の通弊か、根性も根気もございませぬ。坂崎どのの如き当代一の剣術家の薫陶を日夜受ける機会は滅多にござらぬ。辰平にとってまたとなき修行となると、われら父子勝手に考え申した。足手纏いは重々承知にございますが、従者としてお二人に仕えよと厳しく命じてございますゆえ、何事も遠慮のう命じてくだされ。このとおり、倅の辰平ともども伏してお願い申します」

とその場に座さんばかりの丁重な挨拶を受けて、磐音は困惑した。

「松平様、思いがけなくも辰平どのがそれがしの帰省に同道されることと相成りました。そうと決まったからには、辰平どのに良き旅であったと後々思われるような道中を心掛けとうございます。ただ、一歩江戸の外に踏み出せば、道中には諸々の危難や災難が待ち受けておりましょう。万が一……」

と言いかける磐音を笑顔で制した松平喜内が、

「坂崎どの、われら、三河武士の家柄にござる。辰平も、ここにおられる佐々木玲圓先生の門弟の端くれ、いくら平時とは申せ、未熟者が道中に出る以上、危険は覚悟にござる。どこぞの枯れ野に辰平が白骨を晒すもまた運命にござれば致し方なきことと、一家が水杯（みずさかずき）で送り出してござる」

「お覚悟のほど、坂崎磐音、しかと承りましてございます」

松平喜内と磐音のやりとりを聞いていた玲圓が、

「松平家のお覚悟、玲圓感心いたしました。されど旅慣れた坂崎が同道する旅にござれば、まず悲壮なことにはなるまいと存ずる」

と喜内に言い、

「辰平、お父上の御心を片時も忘れることなく見聞を広め、経験を積んで参れ。それが親御様への唯一の報恩である」

「先生のお言葉肝に銘じて、坂崎様とおこんさんに従います」

「よし、初心を最後まで忘れるでないぞ」

「はい」

磐音は松平父子のかたわらで何事か言いたそうな一郎太に気付いて歩み寄り、挨拶した。

「昨夜（ゆうべ）に続き、かように早い刻限までご足労いただき、恐縮です」

「笹塚様から言伝にございます」

と一郎太が磐音の耳元で囁いた。

「千代田のお城を支配する父子が、再びもぞもぞと策動され始めたとのこと、道中いつ何時刺客が立ち現れるやもしれぬ、精々気を付けて旅をされよ、とのことです」

笹塚孫一は、木下一郎太の蟄居閉門騒ぎ以後も老中田沼意次の身辺に気を配っていた様子だ。

「笹塚様には有難くお聞きしたとお伝えください」

磐音は南町の切れ者与力の気配りに感謝した。

おこんは金兵衛と何事か親密に話をしていた。

「金兵衛どの、おこんさんは必ずや無事に江戸表までお連れ申します」

「坂崎さん、そんな気兼ねは要りませんよ。おこんはとっくの昔に私のもとから離れた娘だ。煮て食おうが焼いて食おうが坂崎さんの好きにしてくだせえ」

とわざと伝法(でんぽう)な口調で言ったが、金兵衛の瞼も潤んでいた。そして、その言葉の下から、

「おこん、いいな、坂崎さんの母上様にお目にかかったら、磐音様の姓が変わろうと、不束(ふつつか)ながら坂崎家の嫁としての務めを忘れることなく一生懸命努めますと、懇切にお頼み申すのだぞ」

と注意を与えた。

佃島に朝の光が舞った。

「ご一統様、お見送り、真にかたじけなくも有難うございました。坂崎磐音とおこんおよび辰平の三人は、これより豊後関前に向かいます。四月後には必ずや元気な姿で戻って参ります」

と磐音が挨拶すると、三人は小吉の猪牙舟に乗り込み、佃島沖ですでに出帆の仕度を終えた豊後関前藩の御用船に向かった。

猪牙舟には関前藩の船が従い、そこには中居半蔵と結城秦之助、市橋勇吉が乗っていた。秦之助の足元には、最後に御用船に積み込む公用嚢とこたびの商いの儲けを入れた銭箱がいくつもあった。

「さらばにございます」

「佐々木先生、父上、行って参ります」

と磐音と辰平が船着場に残る人々に挨拶し、見送る者と見送られる者の間の波間が段々と広がっていった。

「おこんさん、気分はどうかな」

半蔵が気にした。

「中居様、道中何事も坂崎さんにお任せしようと覚悟を決めました。心軽やかにございます」

「そのことそのこと。おこんさん、これは実高様の言伝じゃが、おこんを無事豊後関前城下まで安着させるために関前藩は総力を上げるゆえ、大船に乗ったつもりで船旅を楽しめとのことでした」

「私如き者のためにそのようなお言葉を頂戴し、身に余る光栄にございます」

おこんが猪牙舟から頭を下げたとき、

「兄者。坂崎様、松平様、おこんさんの到着じゃぞ」

と勇吉が兄の太平に大声で告げ、

「お待ち申しておりましたぞ」

と船上から太平の声が戻ってきた。

猪牙舟が正徳丸の舷側に横付けされ、縄梯子が下ろされた。

「おこんさん、先に参られよ。それがしが手助けいたすでな」

と磐音の命でおこんが縄梯子に取り付き、磐音がおこんを肩で押し上げるようにして正徳丸に乗り込ませた。続いて磐音、辰平が乗り込み、最後に関前藩の公用嚢と銭箱が積み込まれた。するとそれを待っていたように碇が上げられ、艫櫓下で大きな轆轤が軋み回る音が轟いて、二十五反の帆がするすると上げられた。

すると帆に関前藩の旗標揚鶴丸の姿が鮮やかに浮かんだ。

帆が風を孕み、正徳丸も豊後一丸もすべるように江戸湊の出入口の三浦半島観音崎を目指して南進し始めた。

江戸の内海のあちこちで帆を休めていた弁才船や樽廻船も一斉に白帆を揚げて、帆走を始めた。

千石船が競い合って沖を目指す光景はなかなか壮観だった。

順風と同時に潮加減でどの船もすぐに船足を上げた。

磐音とおこんは忙しく動き回る水夫らの邪魔にならぬよう舳先下に立っていた。

「坂崎様、それがし、船頭衆の手伝いに参ります」

と辰平が羽織を脱ごうとした。

「待て、辰平。そなたがいきなり加わったところで邪魔になるばかりであろう。操船作業が落ち着いたところで、主船頭の倉三どのにそれがしから改めて頼むゆえ、しばし待て」

と磐音は命じた。

「あら、富士のお山が江戸の町の向こうに」

とおこんが海上から眺める富士の高嶺に声を上げた。

千代田城の西側に富士の峰がすっくと聳えているのが見えて、三人の船出を祝福しているように思えた。

「坂崎様！　おこんさん！」

「辰平、働いておるか！」

と波間から声が響いた。

三人が海を見下ろすと、佃島で借りたか、漁り船に本多鐘四郎や重富利次郎ら尚武館道場の門弟たちが乗り込んで見送りに来ていた。稽古着のままで、中には竹刀や木刀持参の者もいた。

「師範、お見送り、恐縮にございます」

磐音が叫ぶと、

「先生にな、見送りの間だけ許しを得たのじゃ」

と鐘四郎が叫び返した。

「しばしの別れにございます」

「元気で参れよ」

という声が一気に遠のき、二隻の弁才船は満帆にして南進していった。

作業が一段落したか、主船頭の倉三と藩物産所の市橋太平が三人のところにやってきた。

「倉三どの、市橋どの、おこんさんだ。宜しゅうお頼み申す」

と磐音がおこんを紹介すると、おこんがかたわらで腰を折り、頭を下げた。

「今小町と評判の今津屋おこんさんをわが弁才船に迎えようとは、夢にも思いませんでしたよ。殿様からも中居様からも、船中世話をいたせと厳しく命を受けておりますでな。分からないことや、気が付かないことがあったら遠慮のう命じてください」

と倉三が言った。

太平のほうはぽかんとした顔でおこんに見惚(みと)れていた。

「市橋どの、なんぞご不審がござるか」

「われら国表で暮らしておりますで、おこんさんのような女性(によしよう)と会うことはございません。驚きました」

「市橋様は若いけん、おこんさんの美形を見ち、言葉も口からよう出しきらんごとある」

とお国訛(なま)りで倉三が笑い、

「坂崎様、風は順風、まずまずの船旅日和と申せましょう。天気が悪ければ、海岸沿いに遠回りを強いられますが、本日は一気に観音崎を目指します。わっしの勘では、剣崎、城ヶ島を廻って相模の小網代湊に到着できましょう」

正徳丸は帰り船ゆえ、船倉内だけの積荷で、胴の上には荷を積んでいなかった。そのせいで船が安定して、船足が早い。一方、豊後一丸は甲板上に荷をいくらか積んでいた。

倉三が順調な航海を予測したのは、二十五反の帆に順風が受けられるからだ。一斉に江戸湊を出帆した弁才船の中でも、関前藩の御用船が先頭付近を走っていた。

「倉三どの、市橋どの、松平辰平のことじゃが、なんぞ手伝いができぬか。当人は体を動かしていたほうが気も楽だと言うておるのだが」

と磐音が辰平の望みを改めて告げた。

「坂崎様、主船頭とも話し合いましたが、いかに見習いとは申せ、すぐに水夫らの手伝いができるわけもございません。そこで、差し当たって私の警護方に所属して、船の作業をおいおい覚えるというのはいかがでしょうか」

「船方の邪魔になってはならぬゆえ、それがよかろう」

と言って磐音が辰平を見ると、

「市橋様、宜しくお願い申します。なにをいたさばよろしいので」

と訊いた。

「われらの出番は、紀州灘を廻り、内海の瀬戸内に入ってからでな。それまではまず船の暮らしを覚えてください」

「それで宜しいので」

と辰平が拍子抜けした顔で念を押した。

「市橋どの、瀬戸内に至って忙しくなると申されるは、積荷を狙う海賊の類が横行しておるのか」

「坂崎様、幸い、わが船は未だ狙われてはおりませぬ。近頃、瀬戸内水軍の末裔と称する賊が早船数隻で囲み、一気に金銭や積荷を強奪していく騒ぎが頻発しております」

「そうであったか」

「われら、こたびの航海、坂崎様をお迎えして心丈夫にございます」

と市橋太平が正直な気持ちを吐露した。

「ならば市橋どの、船頭方の邪魔にならぬよう稽古を続けて参ろうか」

「おっ、坂崎様に指導していただけますか」

「承知した」

「豊後一丸に乗り組む連中もこちらに呼び寄せます」

と太平が張りきり、

「松平どの、そなたの船室に案内いたそう」

と辰平を連れてその場から消えた。

「おこんさん、船座敷を見に参ろうか。そのほうが落ち着こうからな」

「坂崎様、おこんさん、荷を置いてきてくださいな。間もなく朝餉の刻限にございますよ」

と磐音と倉三が告げ、おこんは磐音に案内されて船室に下りた。甲板下の上棚に設けられた船座敷を初めて見たおこんが、

「あら」

と驚きの声を上げた。

「狭いので驚かれたか。関前までの辛抱じゃ」

「いいえ、私が考えていたよりずっと広いわ。私たちだけこのような贅沢が許されていいのかしら」

おこんは真新しい畳に座り、

「船の揺れがなんとも気持ちいいわ」

「外海に出ればうねりも出てこよう。まあ、気分をゆったりとすることじゃ」

磐音が包平を腰から抜き、肩から負っていた道中嚢の紐を解いて道中羽織を脱ぐと、すべてをおこんが受け取った。おこんも旅仕度を普段着に着替えるという。

「それがし、甲板におるでな、着替えたら上がってこられよ」

とおこんに告げた。

「磐音様」

おこんが呼んだ。

「どうした」

磐音は、早気分でも悪くなったかとおこんのかたわらに座り、顔を覗き込んだ。

「船酔いいたしたか」

おこんが黙って磐音の手を握り、

「こんを宜しゅうお願いいたします」

と不安そうな顔で言った。これまで見たこともないおこんの顔だった。

おこんは、船旅の心配よりも、豊後関前の坂崎家の、照埜との対面に心を煩わせていたのだ。

「おこん、よしんばわが母がどのような言辞をお吐きなさろうと、そなたとそれがしの間に変わりがあろうはずもない。生涯一緒だ、案ずるな」

「はい」

磐音はおこんの手を握り返した。

三

佃島沖を七つ半の刻限に出帆した豊後関前藩御用船の正徳丸と豊後一丸は、ほど良い追い風を帆に孕んで、昼前には観音崎を横目に方向を変えた。風が変わったが、三浦半島突端の雨崎、剣崎と躱して二隻は順調に進んだ。

相模灘に出たせいで船は揺れ始めた。だが、同乗の三人はいたって快調だった。

「坂崎様、船酔いを気にしておりましたが、このぶんならば大丈夫です。水夫にもなれそうです」

と辰平が胸を張ると、

「私も気分爽快よ。目が洗われるとはこのことかしら。潮風がこれほど美味しいとは考えもしなかったわ」

「江戸はからから天気が続くと土と馬糞が一緒に舞い上がり、黄色に見えることがありますからね」

「辰平どのとおこんさんがその意気なら、まずは船旅の第一関門を通過したということかな」

三人は霞むように見える三浦半島の出入りの激しい海岸線や長閑な浜を、飽きることなく愛でていた。

「坂崎様、東海道を参ると箱根の関所でお調べがあると聞きましたが、海ではそのようなものはないのでしょうか」

と辰平が訊く。

「いや、船番所が陸路の関所の役目を果たされておると聞いた。江戸から出て上方に向かう船は、豆州下田湊に入津して調べを受けると聞いたことがある。早ければ明日にも下田入りしてわれらも手形をお見せすることになろうかな」

磐音らはそれぞれ手形を用意していた。

磐音のそれは尚武館佐々木玲圓道場の高弟でもある幕閣速水左近の添え状が付いていた。おこんのそれは今津屋奉公人として米沢町の五人組が町奉行所に提出したもので、南町奉行牧野成賢の添え状が付き、さらに松平辰平は直参旗本の子弟として御目付が認可したもので、なんの心配もない。

さらに三人には豊後関前藩主福坂実高の添え状、関前城下訪問を領主自ら許したとの直筆の添え状が、中居半蔵を通して磐音に届けられていた。

「船旅がこのように楽しいものとは、江戸での心配が嘘のようです。この分ならば数日で上方に到着いたしませぬか」

「辰平どの、船旅は風任せじゃ。本日のように順風が船を押してくれるとは限るまい。風待ち潮待ちの日々もそのうち参ろう」

「坂崎さん、大坂までどれほどの日数を見ればいいの」

今度はおこんが訊く。

「まあ、十日ほどであろうかな。風がなければ二十日を要する船もあると聞く。また一刻を争って新酒を灘の湊の西宮から江戸に運び込む新酒番船では、二日半で走りきった快速船もあると聞いたことがある。むろん他の船よりも早く江戸に新酒を届ければ、酒の値も高く売買され、荷主や船主から船頭衆に祝儀が出る。それゆえ、一枚帆ではなくいろいろな弥帆を工夫し、風を拾うようにして走るそうな。これなど特別だ」

「正徳丸ではそうもいきませんね」

磐音は二人と談笑しながらも、相模灘に出て風向きが変わり、二十五反の帆が時に風にばたばた鳴り、船足が微妙に落ちていることを察していた。

艫櫓を見ると、主船頭の倉三が舵方と帆方に細かく指示を出しているのが目に留まった。

市橋太平が三人のかたわらに姿を見せて、

「小網代の入江まで回り込もうと考えておりましたが、本日は三崎湊に碇を下ろすことになりました。普段江戸から浦賀までおよそ五、六刻（十～十二時間）を要しますから、なかなか順調な滑り出しと申せましょう」

と御用船の最初の寄港地を告げた。

船足が落ちたのは、風ともう一つ、豊後一丸の積荷のせいだ。

正徳丸は甲板の揚げ蓋の上に荷を積んでいなかったが、豊後一丸は古着などの積荷を積んでいた。それが風向きで船足を緩める結果になり、正徳丸もそれに合わせたせいだ。

横瀬島、毘沙門、宮川の入江を横目にほぼ西に進み、半島から突き出た岩礁の通り矢を過ぎると、二隻の御用船は前後して城ヶ島と三崎の間の瀬戸に入っていった。

再び船上に倉三の細かく指示する声が飛び、舵方と帆方がその命に応じる中、艫櫓下でがらがらと大轆轤が鳴り、帆がゆっくりと下ろされて三崎湊に入った。

正徳丸と豊後一丸が並んで停泊した後、伝馬(てんま)がそれぞれの船から下ろされ、艫櫓で一日の仕事を終えた倉三が、

「坂崎様、炊き方が湊で魚を購(あがな)いますで、伝馬を出します。皆様も陸(おか)に上がって足を伸ばしなされ」

と船旅に慣れない三人に気遣いを見せてくれた。

「ご厚意に甘えさせてもらおう」

磐音はおこんと辰平を伴い、若い炊き方が櫓を漕ぐ伝馬に乗り込んだ。豊後一丸からも同様に伝馬が出て、湊に向かっていた。

「坂崎様、知り合いの網元の家が湊の前にありますでな、厠を使う方はそこで用を足してください」

と倉三の言葉を伝えた。

女のおこんが乗るために正徳丸には厠が設けられていた。だが、おこんは朝から水をあまり飲まないようにして我慢していた。そのことを倉三は感じていたの

だ。

「いや、嬉しいな。船中では出したくてもなにも出ませんよ」

と辰平がおこん以上に喜んだ。

豊後一丸の伝馬から声がかかった。

「坂崎様、お久しぶりにございます」

磐音が見れば、市橋太平と同じく中戸道場の門弟、住倉十八郎（すみくらじゅうはちろう）が手を振って笑いかけてきた。

「おおっ、そなたも藩物産所警護方に就かれたか」

住倉は関前藩の下士の長男で、剣術の稽古には一際熱心だった。

磐音が江戸勤番と剣術修行を兼ねて関前城下を離れて以来、顔を合わせたことがなかった。

「お父上はご健在か」

「三年前に亡くなり、それがしが跡を継ぎました。こたび、国家老のお取立てで藩物産所の警護方に就き、江戸廻船に乗り込みましてございます」

「さようか、お父上は残念であったな」

二隻の伝馬が同時に三崎湊の浜に着いた。

炊き方が用事を済ます合間を縫って、まずおこんと辰平が網元の家に厠を借りに行った。

住倉が磐音のもとへ来て改めて挨拶をした。

「住倉どの、それがしは御用船の乗船者にござる。女連れゆえご迷惑をかけようが、よしなに頼みます」

と磐音も返礼した。

「坂崎様、正睦様はわれらの如き下士にまで目を向けられ、適材適所に登用なされます。そのせいで下々の藩士方も目の色が変わり、必死の奉公を繰り広げております。それがしもその恩恵に与った一人にございます。われらがご家老にお目にかかる機会はございませんゆえ、ご嫡男の磐音様に気持ちをお伝えしとうございます。ご家老のお心に応えるべく、それがし、必死のご奉公をいたす所存です」

「そなたの気持ち、父に伝えます」

「坂崎様、こたびの帰省は復藩のためにございますか」

「住倉どの、そなたも承知にござろう。明和九年の藩騒動の後、それがし、無断で藩を抜けた者にござる。なんじょう復藩が叶いましょうな」

「坂崎様のお父上はお国家老ですぞ」

住倉は屈託なく答えた。

「父はそなたら有能な士は優しい目で見ておられようが、それがしのように無断で藩を離れた者を許されるはずもござらぬ。それがしは江戸で生きて参ります。先祖の墓参のために帰省いたすところです」

「坂崎正睦様、磐音様父子があればこそ藩物産所が開設され、藩改革の目処が立ったと、こたびの江戸行きでつくづく思い知らされました。殿様も坂崎様と時に面会をされることを聞き及びましたゆえ、それがし、復藩とばかり思うておりました」

三崎の網元三崎屋鹿兵衛(かへえ)の土間で濁声(だみごえ)が響き渡った。

「おのれ、小僧、こちらが大人しくしておれば付け上がりおって、表に出ろ!」

赤銅色(しゃくどういろ)に焼けた水夫らが数人、ばらばらと三崎屋の表へと飛び出してきた。

袖無(そでな)しに六尺褌(ふんどし)の姿で、腰に長脇差を差し落とし、手に鳶口(とびぐち)や木刀を提げている者もいた。

辰平がおこんの手を引き、背後に庇(かば)うようにして出てきた。

最後に姿を見せたのは、六尺三、四寸はありそうな大男で、筒状の袴に上半身裸の格好だ。四角張った大顔で目鼻の造作もすべて異常に大きかった。それだけでも威圧的で、背には金比羅(こんぴら)大権現が彫られていた。

「金比羅の稲蔵(いなぞう)です」

若い炊き方の唐八郎(とうはちろう)が磐音と住倉に歩み寄り、囁いて教えた。

稲蔵の腰には刃渡り三尺はありそうな大太刀(おおだち)がぶち込まれていた。

「水夫か」

住倉が訊いた。

「あやつ、新酒番船の船頭でしてね、操船の腕は確かです。何度も一番船の誉(ほま)れを得たこともあります。ところがそれをいいことに、船賃を強引に上げさせる。荷主がそれを聞かなければ、積み荷をちょろまかすと評判は最悪で、このところ仕事を干されていると聞いたことがございます」

唐八郎の説明の間に、稲蔵が辰平とおこんの前に仁王立ちになり、

「若造、おれが大人しくしている間に女を寄越せ。船に連れ戻り、酒の酌をさせようという話だ。明日には返してやろうかえ」

と酒臭いげっぷとともに言い放った。

痩せ軍鶏辰平は、稲蔵の肉厚の体に比して一見ひ弱に見えた。だが、尚武館

佐々木道場で鍛え上げられた筋肉で痩身が包まれていた。

「酒を食らっての悪口雑言、許せぬ」

辰平も負けてはいなかった。

「野郎ども、若造を叩きのめせ」

と稲蔵が命じた。

住倉が動こうとしたのを磐音が制した。

「この二人はそれがしの連れ合いでな」

磐音が稲蔵の前に歩み寄り、

「酒の相手は別に見つけられよ」

と命じた。

「連れだと、引っ込んでおれ。金比羅の稲蔵様が一旦言葉にしたからには、なにがあっても船に連れ込む。明日返そうと思うたが、その気も失せた。鄙には稀な女子じゃ。おれが味見をした後に三島辺りの女郎屋に叩き売ろうか」

と磐音を睨みすえて放言した。

稲蔵と一味はおこんの動きを見逃していた。肩に木刀を担いで悠然と立つ水夫から不意を衝いて木刀を奪い取ると、いきなり金比羅の稲蔵に駆け寄り、脳天をしたたかに殴り付けた。

「あ、痛たた、この女(あま)」

稲蔵が頭を両腕で抱えて、形相(ぎようそう)もの凄くおこんを睨んだ。

「へん、ふざけちゃいけないってんだ。こっちは深川六間堀で産湯を使った、ちゃきちゃきの深川っ子だ。薄汚いおまえなんぞの酌をする今津屋のおこん様と考え違いをしやがったか。背に彫った金比羅様がお泣きになっておいでだよ。おとい来やがれ、馬鹿野郎！」

と啖呵を切り、

「あら、嫌だ。私としたことが、怒りに任せて地を出してしまったわ」

と慌てて顔を赤らめた。

「金比羅の稲蔵とやら、かようなわけでそなたの相手はたれも喜ばぬ。他を当たるがよい」

と磐音が命じると、

「許せねえ！」

と腰の大太刀を抜き放った。

「困った御仁かな」

磐音の言動はあくまで春風のように長閑でゆったりとしていた。それを稲蔵は怯えていると勘違いした。

「野郎ども、女の仲間はどいつもこいつも叩きのめせ」

と稲蔵が叫び、水夫らがそれぞれ得物を構えた。

その前に辰平が立ち塞がった。

「辰平どの、深手を負わせてはいかぬぞ。おこんさんの木刀を借り受けよ」

と注意を与えた。

「承知しました」

三崎湊に時ならぬ人垣ができた。

三崎は昔から鯛、鰹の水揚げ湊で、漁師も気風がいいのが身上だ。鰹は将軍家への献上魚で、それが自慢の土地柄でもある。

だが、金比羅の稲蔵の大力には手を焼いていたから、わあっ、と漁師たちが集まってきた。

磐音は自ら金比羅の稲蔵に歩み寄った。

群集の視線をひきつけることより、辰平を騒ぎに巻き込みたくないと思ってのことだ。

「そなた、新酒番船の船頭じゃそうだが、手足のどちらが大事かな」

「なにっ、稲蔵に向かって、四本の手足のどちらが大事かとぬかすか」

「いかにも」

「船頭は船のさがりよ。自ら動くかえ」

「ならば怪我をしても構わぬな」

「ぬかせ！」

稲蔵は大上段に振り翳した大太刀を、磐音の脳天に巨体ごと叩き付けてきた。

ふわり
と磐音は稲蔵の内懐に入り込み、片手で相手の手首を摑むと、身を捻り（ひね）つつ逆手に取った。

踏み込んできた巨体が虚空に鮮やかに舞い、
どさり
と背中から地面に落ちた。

磐音の手には、どのようにして奪い取ったか、稲蔵の大太刀があった。

わあっ！

と見物の衆が沸いた。

うっ
と息を詰まらせた稲蔵が痛みを堪えて必死に立ち上がった。

顔が赤黒く染まり、全身から火柱がめらめらと燃え上がったようで怒り狂っていた。

「どうじゃ、これでやめておかぬか」

磐音が静かに言った。

「勘弁ならねえ！」

稲蔵が両手を差し上げて、磐音に摑みかかってきた。

「致し方ない」

磐音の手にあった大太刀が峰に返され、突進してきた稲蔵の左足の太股を強かに打った。

「げええっ！」

という絶叫を発した稲蔵が再び頭から地面に転がり、のたうち回った。

「命に別状はないが、骨が折れておる。接骨師を見つけて運び込め。当分酒を飲むことも悪さもできまい」

稲蔵の配下の水夫たちは呆然として言葉もなく立ち竦んでいた。

「そなたらに申し聞かせておく。このお方は、江戸の神保小路でその名も高き直心影流尚武館佐々木玲圓道場一の腕前、坂崎磐音様だ。そなたらがどう抗うても敵わぬぞ」

と出番のなかった辰平が最後に言い放った。

「どうりでよ、強いはずだぜ。佐々木道場といえば江都一の道場だぜ。金比羅の稲蔵も相手が悪かったな」

と江戸に鰹を押送船で運び込む船頭が言い、

「おい、三崎外れによ、牛馬が相手の骨接ぎ屋があらあ。早く運び込め」

と水夫たちに命じた。

騒ぎが鎮まったため、磐音は三崎屋の厠を借りに行った。厠から玄関先に戻ってくると、三崎屋の網元の鹿兵衛が市橋太平と待ち受けていた。

「坂崎様、お連れ様にご迷惑をおかけして申し訳ございませぬ。いえね、私がいれば稲蔵にあれほど飲ませはしませんでしたが、私が他用で出かけている隙に酔っ払ってしまいました」

と詫びた。

「こちらにはなんの被害もないゆえ、気にいたさずともよい」

「坂崎様のお名は、尚武館道場の柿落としの大試合の結果とともにこの三崎にも伝わっておりますよ。金比羅の稲蔵にはよい薬になりましょう」

と言った鹿兵衛が、

「坂崎様、おこん様をお連れしての船旅と伺いました。今宵はうちにお泊まりになりませんか。明日から二、三日は風待ちです。無理なさることもありますまい」

と初老の網元が磐音とおこんを家に招くと言った。

磐音は太平を見た。

「船旅は始まったばかり、まだ長うございます。陸で休めるうちはそうなさったほうが疲れも溜まりませぬ」

磐音もおこんには休ませ休ませ旅をしたほうがいいと考えた。

「造作をかけてようござるか」

「光栄にございます」

磐音は三崎屋を出ると、未だ湊の男衆(おとこし)の視線を集めて恥ずかしそうに立つおこんのもとへと歩み寄った。

土地の網元の鹿兵衛が予測したように、三崎には風待ちで二日を過ごすことになった。

四

磐音は三崎湊の空き地に朝稽古の場を設けた。稽古には松平辰平はもとより、豊後関前藩士の市橋太平、住倉十八郎、二ッ木猪吉、富岡新三郎の四人が参加し、総勢六人で尚武館直心影流の稽古に励んだ。

警護方の四人のうち、腕達者はやはり住倉十八郎で、二ッ木と富岡は辰平と同じ年齢で若く、剣術はまだ荒削りであった。

磐音は住倉十八郎と辰平の打ち込み稽古を命じた。

住倉は最初こそ辰平の若さと尚武館の猛稽古で培われた力に閉口していたが、段々辰平の剣風を呑み込み、四半刻（三十分）も過ぎると余裕を持って相手を務めていた。

磐音が相手をする三人の中では、老練なだけに太平が達者な腕前だった。

だが、それとて尚武館の門弟の中では中位かそれ以下の実力であったろう。

磐音は次々と三人を交代させながら打ち込み稽古に応じ、無駄な動きや悪手を直し、気を抜く癖を注意しながら指導に努めた。

最初こそくるくると交代する稽古に余裕を持って務めていた三人も、濃密な教えに汗だくになって息を弾ませるようになった。

半刻（一時間）を過ぎた頃、小休止を取った。

気が付くと朝の漁を終えた漁師たちが数人見物していた。

「辰平どの、住倉どのに教えられたようだな」

「さすがにそれがしと、年季も腕前も違います。手加減をなされているようですが、びしりびしりと重い小手や面を受けてくらくらいたします」

と辰平が言った。

稽古は竹刀で辰平は綿を巻き込んだ鉢巻をしていた。

「防具を仕度いたしますか」

と太平が磐音に訊いた。

「船に用意がありますか」

「二組積んでございますゆえ、すぐに取り寄せます」

即刻、船から防具が野天の道場に運ばれてきた。

「中戸先生はお元気でしょうね」

磐音はいささか気になって訊いた。

太平も住倉も中戸道場の門下生だ。だが、二人には中戸信継仕込みにしては気迫が足りないように思えた。かつて中戸道場は猛稽古で鳴らしたものだった。一刻休みなしなど当たり前、年末の道具納めでは終日稽古が続けられた。

「三年ほど前に風邪をこじらせ、ふた月ほど病床に就かれました。以来、どこか気力が失われたようで、三日に一度は道場に姿を見せられませぬ」

「そうでしたか」

と得心した磐音は、ただ今の中戸道場の稽古風景がなんとなく予測がついた。

見物の漁師らがまた新たに増えた。

「辰平どの、市橋どの、二ッ木どの、富岡どのの四人は、相手を替えつつ打ち込みをいたせ」

と命じた磐音は住倉に防具を付けさせた。

磐音は稽古着のままだ。

稽古が再開された。

住倉十八郎は辰平の技量を見抜き、どことなく尚武館道場の力量はあんなものかと高を括った気持ちになっていた。また一人だけ防具を付けさせられたことで、猛然たる闘志が湧き起こってもいた。

「参ります」

「お願い申す」

当然、技を先導する打太刀は磐音、攻める仕太刀は住倉だ。

気合いが漲った声が響き、住倉が磐音の面をいきなり攻めてきた。

磐音はその攻撃を竹刀で軽く応じつつ素面で受けた。住倉の攻撃はさらに小手に、胴にとめまぐるしく変化した。

磐音は打ち込まれるまえに竹刀を合わせて相手の間合いを外し、打撃を殺ぎつつ受けた。だが、住倉はそのことに気がつかなかった。

打太刀の役は技の虚実を教え、応変する術を相手に身を以て習得させることにあった。

勝負ではない。

そのことは住倉とて分かっていた。

関前城下御番ノ辻で小林琴平と死闘を演じた坂崎磐音の名は、今や関前の伝説であった。その人物と打ち込み稽古を演じているとつい張り切り、そのことを忘れていた。

稽古が進み、四半刻も過ぎた頃合いから、打ち込む住倉の足が縺(もつ)れ始め、肩が上がり、息が荒く弾んできた。

「お面！」

自らに気合いを入れなおした住倉が磬音に面打ちを敢行した。だが、気持ちばかりが焦ったか、前のめりになった腰が宙に浮き、どたり
と野天の道場に倒れ込んだ。

「おい、見たか。あの侍、一人相撲(ずもう)をとって転がりやがったぜ」

「受けた侍は汗一つ流さずよ、平然としているな」

「なにしろ乱暴者の金比羅の稲蔵を軽くあしらわれたお方だ。力に差があるのかねえ」

「鹿兵衛網元がよ、江戸で開かれた大試合の第一位になった侍だと言ったぜ。江戸でも名高い剣術家が何十人も集まった大試合の勝者だ、稲蔵なんぞは相手にもなるめえ」

漁師たちが潮風が鍛えた大声で遠慮もなく話し合ったが、気息奄々の住倉十八

郎の耳には入らなかった。しばらく肩で息をした後、ようやく面金を外し、その場に正座をすると、

「坂崎様、お稽古有難うございました」

と素直に礼を述べた。

「久しぶりの稽古で息が上がられたか」

「いえ、われらも警護方を仰せつかった身にございます。それなりに稽古を続けてきたつもりでしたが、坂崎様に汗一つ流させること叶いませんでした」

と住倉はどこか衝撃を受けた表情でもあり、さばさばとした顔付きでもあった。だれの目にも、二人の力量は比較にならなかった。そのことを住倉自身が痛感させられていた。

「住倉どの、関前藩に帰着するまでだいぶ時間もござろう。時間を見つけて、稽古をいたさば、もう少し足腰に粘りが出て参られよう」

「尚武館佐々木道場ではこの程度の稽古ではございませんので」

「住み込みの辰平どの方は朝稽古、昼稽古、夕稽古と、暇があれば体を動かしております。なにしろ通いの門弟衆が大勢の上に朝昼夕と相手が違うゆえ、夜明け前から日没まで稽古が続けられることもあります。近頃の中戸道場はどうであろ

うか」

「朝稽古に三十人ほどが集まり、一刻半（三時間）ほど稽古に励む程度です」

「住倉どの、次に江戸に立ち寄られた折り、尚武館に稽古においでなされ」

「弟子でもないのに稽古してようございますか」

と住倉が張り切った。

「佐々木玲圓先生は寛容なお方です。構いません」

「必ずや伺います」

頷いた磐音が、

「辰平どの、相手を」

と辰平を指名すると、尚武館佐々木道場仕込みの火が出るように激しくも迅速な打ち合いを披露し、住倉らの度肝を抜いた。

三崎湊で丸二日の風待ちをした後、四日目の未明、正徳丸と豊後一丸は大島を横目に一気に相模灘を西へ突っ切ろうと碇を上げた。

さすがは江戸と関前を何度も往来して経験を積んだ主船頭である。倉三の風を読む力と操船術は確かだった。

おこんは、相模灘に船が乗り出した直後、軽い船酔いを初めて感じた。そこで磐音に断り、船室に戻ると横になった。

頭が上になり、次の瞬間には足が持ち上げられた。

ずずっ
と船の揺れに合わせて荷が狭い部屋を右に左に行ったり来たりする。

(これが船酔いなんだわ)

軽く目を閉じたおこんは、磐音にだけは醜態を見せたくないと、胸の中(うち)で神仏に祈願し始めた。

昼下がり、磐音は正徳丸の艫櫓に上がってみた。

舵方が舵棒に手をかけて行く手を睨んでいた。

水夫らは国家老の嫡男が乗船するというので最初こそ緊張していたが、磐音の言動を知るにつけ、今やだれもが心を開き、絶大な信頼を寄せていた。

なにより金比羅の稲蔵を手玉に取った技を見聞した水夫らは度肝を抜かれた。

「邪魔をいたす」

「邪魔だなんてとんでもない」

磐音はまず随行の豊後一丸の位置を確かめた。

正徳丸の十数丁後ろに三十五反の帆が揺れて見えた。なんとか必死で正徳丸に食らいついているという感じだ。

「三十五反の帆を捲き上げて　行くよ仙台石巻」

と歌われるように船の積石数と帆の反数は密接に関わりがあった。

だが、一反の寸法幅が二尺から三尺と一定せず混乱も生じた。

正徳丸の船頭倉三は江戸との往来が定期化したとき、いろいろと船に工夫を加え、帆に創意を施した。

旧来の三十五反帆は木綿地が弱く寸法幅も狭いので、三十五枚をつなげるには三十四の縫い目が要った。

倉三は大坂の木綿問屋に地が厚く丈夫な幅広の帆布を織らせ、縫い合わさせた。新奇の帆は二十四の縫い目で済み、当然、縫い目が少ないほうが強風を受けても破損しにくく、捲き上げも楽だった。

この倉三の工夫は天明五年（一七八五）、工楽松右衛門がそれまでの刺し帆を改良して、布地を厚く丈夫にして売り出した松右衛門帆よりも七、八年も前のことだ。

一方、豊後一丸は未だ旧来の三十五反の刺し帆を使っていた。

「吃水が深い上に揚げ蓋の上に荷を積んでおりますので、どうしても船足が上がりません」

どうやら正徳丸が船足を調整しながら従わせている様子があった。

「こちらにおられましたか」

と倉三が艫櫓に上がってきた。

「どうやら天気の変わり目に差しかかったようです。こちらの読みより十日ほど早く天気が崩れそうです」

「悪天候になる前に瀬戸内に逃げ込めますか」

「なんとも微妙なことになりましたな。おこんさんをお乗せした正徳丸だ、なんとしても平穏な航海を楽しんでいただきたいのですがな」

「されど自然ばかりはいかようにもなるまい」

「それは分かっておりますが、できるだけそいつを避けるのが船頭の腕なんでございますよ」

と倉三の言葉にお国言葉はなく、顔に憂いがあったが、

「なあに海が荒れるようならば湊に入り、嵐が鎮まるのをいくらでも辛抱強く待ちます。船を止めるのも船頭の勇気なんでございますよ」

と自らに言い聞かせた。

二隻の関前藩御用船は夕暮れ前、下田湊に到着した。

「こちらには船番所があると聞いたが、お調べがござるのか」

「享保(きようほう)年間までは確かに幕府の船改め所がございましたが、享保六年（一七二一）に浦賀に移りましたので」

「それは存じぬことでした。となると御用船は浦賀に立ち寄らなくてよかったのでござるか」

「江戸と上方を結ぶ南海路の調べは下り荷だけでございますよ。江戸に入る物品を浦賀で調べますので」

磐音は豊後関前藩と江戸との直接交易を企てながら、なにも知らなかった恥ずかしさを隠しきれなかった。

磐音は入津作業の邪魔にならぬように艫櫓から舳先へと移った。すると辰平がおこんに従い、甲板に姿を見せた。

船番所の手形改めと思った辰平がおこんを誘った様子だ。

「どうだな、気分は」

「すみません。もう大丈夫です」

返事は気丈だったが顔色は青白かった。

「船酔いは陸地に上がれば治るというからな」

おこんが小さく頷いた。

正徳丸は爪木崎を横目に下田湊の奥へと入っていった。

「そなたらに、それがしの浅知恵を詫びねばならぬ」

磐音は以前説明した間違いを二人に告げた。

「下田ではお調べはないのですか」

「船番所は何十年も前に浦賀に移った上に、お調べは江戸に入る荷だけじゃそうな。知らぬということは恐ろしいものじゃ」

さらに七十余年後、天然の良港下田は幕末激動の舞台として再び登場するのだが、磐音たちが到着した安永六年当時は風待湊として静かな佇まいを見せていた。

艫櫓下の大轆轤が回転する音が響いて、二十五反の帆が下ろされていく。

磐音は豊後一丸の姿を確かめた。

海上一里ほどか、豊後一丸がなんとか爪木崎に接近しようとしていた。

視線を下田湊に廻らすと、海鼠壁の家並みが湊付近に櫛比していた。

「坂崎様、おこんさん、湊に鈴木屋という旅籠がございます。そこへただ今送らせますでな」

と艫櫓から倉三の声が響いた。

「船頭さん、私ならもう大丈夫です。ご用意いただいた部屋で寝泊まりさせてください」

とおこんが応じた。

「おこんさん、道中は長うございますよ。下田には風待ちで何日泊まるか分かりません。ここから一気に駿河、遠州灘を突っ走って海上五十五里、鳥羽（とば）の安乗（あのり）まで海の上だ。ここは少しでも体に力を溜めておいてくだせえよ」

おこんが磐音を見た。

「船の上ではすべて船頭どのの指図どおりに従うのが、われら乗船者の心得であろう」

「はい」

「辰平どのはどうするな」

「私は少しでも船に慣れとうございます」

「ならばわれらのために用意された船室を使うがよい」

「えっ、よいのですか」

と辰平が驚きの声を発した。

「押しかけ者の私が不平不満を言える義理もございませんし、それは承知しています。ですが、櫓下の船室たるや伝馬町の牢屋敷のように狭くて、相手と両肩を接しなければ眠れないほどです」

「倉三どのにそれがしからも願うておく」

磐音とおこんは上陸の仕度をするために船室に下りた。辰平もついてきて、

「頭はつっかえるが大書院のように広いぞ」

とわずか四畳に満たない部屋に歓喜の声を上げた。

磐音とおこんが着替えだけを手に再び甲板に戻ると、ようやく豊後一丸が正徳丸の近くに到着し、縮帆作業に入ろうとしていた。

正徳丸からすでに伝馬が下ろされ、市橋太平が櫓を握っていた。

磐音は先に縄梯子を降りておこんの身を支え、伝馬に乗り移った。

「市橋どの、われらだけ客人扱いで申し訳ござらぬ」

「坂崎様、そのような遠慮は今後無用にしてください。坂崎様とおこん様は、関前藩の大事な客人なのですから」

と太平が答え、磐音は改めて藩を出た人間であることを思い知らされた。

磐音は辰平が部屋を使うことを願った。

「初めての方は入れ込みの船室の狭さに驚きましような」

と許してくれた。

伝馬が正徳丸の舷側を離れ、船着場に向かった。

「いつ下田を発てそうですか」

「これぱかりは明日の風向き次第です。風を読み違えるとえらい目に遭う」

「下田から安乗まで、遠州灘を一気に乗り切るそうですね」

「南海路で一番長い行程です、五十五里もございますからね。陸路では考えもつきませぬ」

徒歩の旅人も大名行列も、一日の行程はほぼ十里を目安にした。風次第で海上を行く帆船は五倍以上も走るという。

「安乗を出た船が下田近くまで辿り着いたものの、風向きが変わったせいでまた安乗に押し戻されたこともあるそうです。海は楽なようで詰めを誤るとえらいことになります」

「五十五里を無駄に往来しただけですか」

「ですが、この船は命も荷も助かりました。沖合いに流されて戻ってこられぬ例は枚挙に暇がないのです。とにかく慎重に風を読んで一気に乗り切ります。うまくいけば明日にも帆が揚がるかもしれません。ですが、反対に十日の風待ち、潮待ちもございます」

伝馬は下田湊の船着場に着いた。磐音が船着場に飛び上がり、舫い綱を結んだ。

太平が稲生沢川河口にある鈴木屋に案内してくれた。旅籠は船番所があった時代の繁盛ぶりを示して、海鼠壁の二階建てであった。

太平は番頭らと知り合いのようで、磐音とおこんの部屋をてきぱきと取った上に、

「このお二人は関前藩の大事な客人じゃ。粗相がないようにな」

と余計な言葉まで残して船に戻っていった。

番頭は障子を開けると湊の全景が見える二階の角部屋へと二人を案内してくれた。

「ただ今、宿帳と茶を持って参りますでな」

番頭が帳場へ下りていき、おこんは開かれた窓から湊を見た。

豊後一丸もようやく帆桁を下ろして一日の疲れを癒す、そんな表情が漂っていた。

「おこん、気分はどうか」

二人だけになって磐音はおこん、と呼んだ。

「磐音様、不思議なものですね。船酔いは陸地に上がればさらりと消えます」

番頭が再び姿を見せて二人の身許を聞き取り、書き込んで顔を上げた。

「お尋ね申します。今津屋奉公人こんとありますが、今津屋とは江戸米沢町の両替屋行司今津屋様のことにございますか」

「いかにも」

と答える磐音の言葉に大きく頷いた番頭が、

「まさか今小町のおこんさんがうちに見えるとは、驚きにございますよ」

番頭の言葉に磐音とおこんが今度は驚いた。

「いえね、おこんさんを両国橋で直に見たとか、浮世絵で見たとか、船頭衆が噂でばら撒いたため、この下田でも今津屋おこんさんの美人ぶりは知られておりますよ。確かに評判どおりだ。いや、噂以上です」

番頭の感嘆をおこんは呆然と聞いていた。

「坂崎様、おこんさん、風待ちは普通で三、四日、長ければ十数日もかかります。気長に、下田を見物してくださいまし」

と言い残すと帳場に再び下りていった。

第五章　遠州灘真っ二つ

一

豊後関前藩の御用船正徳丸と豊後一丸は鳥羽安乗への海上五十五里を一気に乗り切るために、下田湊で慎重に風待ちをしていた。

二隻の船団の主船頭の倉三と豊後一丸の船頭民次(たみじ)は夜半過ぎから風の具合を読み、八つ半（午前三時）には出船停止を決めた。

風待ちの間に豊後一丸の揚げ蓋上の荷の一部は正徳丸の船倉に積み替え、豊後一丸も船倉を整理してそこへ荷を下ろした。そのせいで、揚げ蓋に荷は残ったものの船上はすっきりとした。

磐音らは毎朝下田湊で朝稽古を続け、その後、おこんと辰平を伴い、下田の町を、後に幕末の激動の時代の舞台となる了仙寺やら玉泉寺などを見物して廻り、一日などは下田外れの蓮台寺（れんだいじ）温泉まで足を伸ばし、法師の湯以来の湯を楽しんだ。

下田湊に二隻の弁才船が帆を休めて五日目の八つ（午前二時）過ぎ、磐音とおこんの泊まる鈴木屋の表戸が叩かれ、出立が告げられた。

磐音とおこんは、船に戻るために素早く身仕度を整えた。

二人が帳場に下りると親しくなった番頭の右吉（うきち）が、

「うまい具合に東風が吹き始めましたよ。この分ならば安乗まで一息に押し切ることができましょう」

と緊張に顔を引き攣らせたおこんに話しかけた。

そのおこんは、磐音が宿代を支払う間、帳場の神棚に瞑目して道中の無事を祈っていた。

「今小町のおこんさんを乗せた船だ、明日にも伊勢の土地が踏めますよ」

右吉がおこんを勇気付けるように言い、おこんは黙って頷き返した。

久しぶりに正徳丸に戻った二人を乗せた御用船は、八つ半過ぎに碇を上げ、大（おお）轆轤（ろくろ）の音が響いて、帆がゆっくりと上げられていった。

湊のあちこちでそんな出船作業が行われ、湊から伝馬（てんま）がそれぞれの千石船へと漕ぎ出されていた。

豊後一丸が湊の外へと動き出し、すぐに続いて正徳丸が出船した。

磐音はまだ暗い夜空を見上げ、雲の動きを確かめたが、倉三らがなにを根拠に出船を決断したか、読み取ることはできなかった。

二隻の船は互いの船影を確かめつつ、石廊崎（いろうざき）を目指した。

船が早くも揺れ出した。これまでに経験したことのない揺れだった。

「私は、部屋に下ります」

とおこんが磐音に言いかけたため、磐音はおこんに付き添って艫櫓（ともやぐら）下の扉から狭い階段を伝い、部屋に下りた。それまで開いていた荷の出し入れに使われる揚げ蓋は完全に密封されており、これからの出入りは櫓下の扉だけになった。

磐音とおこんは密閉された揚げ蓋を見て、これからの数日の航海が南海路の最大の山場と改めて覚悟した。

磐音は壁に固定された行灯（あんどん）の灯りでおこんのために床を延べた。そして、二人は期せずして、部屋の隅に用意された真新しい木桶（きおけ）に目をやった。船酔いが激しくなり、吐きそうになったときに使う桶だ。

「あれを使うようなことになるのかしら」

「気分が悪くなれば体が命じるままに従えばよい。決して無理をするな」

「はい」

「われらは俎板(まないた)の上の鯉(こい)じゃ。目を閉じて時が過ぎるのを待つしかあるまい」

磬音は夜具の上からおこんの体をそっと抱いた。

「案ずるな。そなたの側(そば)には磬音がおる」

「はい」

おこんの手が磬音の手に重ねられた。

脇差だけを差した磬音が再び甲板に出たとき、先に出たはずの豊後一丸が正徳丸の後ろに従っていた。

辰平が舳先に立って磬音に手を振った。

「これまでの波とまるで違いますよ」

水切りのために鋭く尖った船首(みよし)が押し寄せる波を切り裂き、その飛沫(しぶき)が二人の頭上に散ってきた。

暁闇(ぎょうあん)の海に東風が吹き、それが二隻の船の帆をばたばたと鳴らし、物凄(ものすご)い船足で西進させていた。

「坂崎様、あれが石廊崎の灯りでしょうか」

辰平が指し示す方角を見ると、確かに常夜灯の灯りがおぼろに見えた。

潮の流れも複雑で、船が石廊崎を迂回(うかい)して駿河の入海(いりうみ)を横目に外海へと出ようとしていることが分かった。

「まず間違いあるまい」

「伊豆を離れれば陸地(くがち)から遠ざかりますね。船頭衆はどうして行き先を定めるのでしょうね」

と辰平が訊く。

不安を隠しきれない辰平は絶えずなにかを喋(しゃべ)っていたい心境なのだろう。

「それがしもよくは知らぬが、昼間はお天道(てんと)様の、夜は星の位置を確かめ、いくつもの和磁石を照合して方向を確かめながら走ると聞いたことがある」

下田から安乗まで一気に遠州灘を突っ切る航法は沖乗りと称され、最短距離を走る、老練な船頭ならではの技前だ。

灯りが後ろに過ぎ、豊後一丸の姿がなんとか確かめられた。

下田湊を出て西へ向かう弁才船はこの朝、十数隻に及んだ。だが磐音は、豊後一丸の姿しか確かめることができなかった。

おそらく長年の経験と勘から、それぞれの船頭には選ぶべき海の道があるのだろう。

　大きなうねりに変わり、外海へ出たことを教えてくれた。

「安乗にはいつ到着するのでしょうか」

「鈴木屋の番頭どのは、一昼夜をみよと言うておった」

「えっ、これから朝昼夜の区別なく走るのですか」

「そうらしいな」

　磐音はばたばたと鳴る帆を見上げ、綺麗に片付けられた甲板上を見た。

　正徳丸は前後に大きく揺れつつ進んでいた。

「これでは朝稽古もならぬな」

「坂崎様は稽古をなさる気でしたか」

「そのほうが気も紛れるかと考えたが、海に落ちでもして船頭衆を煩わせてもいかぬ。じっと待つしかあるまい」

　二人の側に、炊き方の唐八郎が番重に握り飯を並べて運んできた。塩握りには大根の古漬けが添えてあった。

「おこん様に握り飯を届けましたが、食べる気は起こらねえそうです」

「この揺れでは致し方あるまいな」

「当分、火が使えませんので温かいものは勘弁してください」

「なんの、これで十分」

差し出された握り飯と古漬けを磬音は取った。だが、辰平は、

「私もおこんさんと同じく遠慮します」

「美味そうな握り飯だぞ」

磬音は古漬けを菜に握り飯を頬張(ほおば)った。

「坂崎様が食しておられるのを見ていたら気分が悪くなりました。下に戻ります」

と辰平が船上から姿を消した。

三つほど握り飯を食べて磬音は満足した。

その磬音の眼前で静かに朝の光が射し、夜が明けてきた。

大きくうねる大海の只中(ただなか)に正徳丸だけがいた。豊後一丸の姿はもう見えなかった。互いに幸運な航海を祈るしかない。

磬音は艫櫓を振り返った。

主船頭の倉三が厳しい顔で何事か舵方(かじかた)に命じていた。水夫(かこ)らが走り回り、艫帆と中帆が張られた。

磐音は船足を増す補助帆の追加作業を見ていた。

二枚の弥帆が張られ、さらに正徳丸は船足を増した。同時に船の揺れも大きくなった。これも倉三の創意だった。

「倉三どの、すべて順調かな」

甲板下から叫ぶ磐音に倉三が、

「御前崎沖を昼前には通過したいものですな」

「東風は続きそうですか」

「坂崎様、この風は野分の前兆です。ますます激しくなりましょうな」

「嵐になろうか」

「数日内にこの海域は大荒れです」

と倉三が言い切った。

野分が到来する前に伊勢へ、できることなら紀伊半島を回って内海に逃げ込みたいと、どの船の船頭も考えていたのだ。

「豊後一丸はだいぶ遅れましたか」

「民次船頭は江戸往来は久しぶりじゃけん、ちと手間取っておりましょうな。じゃがわっしより腕に年季が入っちょるけん、まず心配しちょらん」

倉三は緊張したり、反対に余裕があるときはお国訛りになった。その口調に祈りが籠(こ)められていた。

「安乗で落ち合う手筈(てはず)ですか」

「へえっ、先に着いた船が後の船を一日待つ約束です。相方の船が姿を見せんときは、摂津(せっつ)大坂の安治(あじ)川河口で落ち合います」

「伊勢で互いの無事を確かめ合いたいものです」

「いかにもさようです」

市橋太平らも船室で時が過ぎるを待っているのか、姿が見えなかった。

磐音はおこんの様子を見るために船室に下りた。するとおこんはお蚕(かいこ)様のように丸まって耐えていた。

「どうじゃ、我慢ができそうかな」

「なんとか」

か細い声が返ってきた。

「船の帆が二枚加えられ、船足が増した。倉三どのは豊後一丸との同行ができぬと判断なされ、まず先に伊勢を目指される手を選ばれたようだ」

「いつもこのように揺れるのかしら」

「野分の余波というぞ」

「野分なの」

丸めていた体を伸ばしたおこんが、新たな不安を加えたように問い返す。

「いや、ほんものの野分は何日もあとにくるようだ」

磐音は腰の脇差を抜くとおこんのかたわらに体を横たえた。箱枕をしたおこんの首の下に片手を差し入れ、片手で肩を抱き寄せた。するとおこんが身を寄せてきた。

「船頭衆は命がけで荷を運ばれておられるのに、私たちはそのようなことも知らず、下り物の品がよいだの、味が悪いだの贅沢ばかり言って、なんとも罰当たりね」

「旅に出れば教わることが多いな」

「はい」

「おこん、眠れるようならば少しでも眠らぬか」

「磐音様、こんの側にいてくださいますか」

「どこにも行きはせぬ」

おこんが身を捩って磐音のほうに体を向けた。磐音の鼻腔をおこんの匂いが刺激した。

「時が過ぎるのを待つしか手はない。われらは今、海という大きな掌に抱かれておるのだ」

「人間の抗(あらが)える力はなんとも小さいものですね」

「いかにも。だが、倉三どの方は持ちうる限りの経験と勘と技を駆使して大きな力に挑んでおられる。倉三どのの働きを信じようか」

「はい」

磬音も体をおこんに向けた。すると顔と顔が接し、頬が触れた。

「磬音様、こんは磬音様となら地獄の果てまでもご一緒します」

「おこん、地獄行きは、いくらおこんが一緒とて断ろう」

「まあ」

「二人でこうしているときが極楽浄土。それを捨てて地獄へなど行けるものか」

二人は互いの腕で互いの体を抱き締め、存在を確かめ合った。

「少しでも休むがよい」

磬音の言葉に頬を寄せたおこんが、

「私は海に抱かれておりません。磬音様の腕に抱かれているのです」

と自分に言い聞かせるように言うと、小さな寝息を立て始めた。

おこんは断続的に一刻半（三時間）ほど眠った。

磐音も両腕におこんを抱き締めながら眠った。

うねりが変わったようで船に横揺れが加わった。

「様子を見て参ろう」

「戻ってくるのでしょう」

「すぐに戻る」

磐音が包平（かねひら）を手に甲板に出ると、青い顔をした市橋太平が艫櫓にいて倉三と話をしていた。

「野分が思ったより早く接近するようです」

「それで船足が早まりましたか」

「坂崎様、この分なら夕刻にも伊勢に着こうかという早さです。帆が破れんよう、祈るしか手はないのう」

と答えた倉三の顔に磐音は初めて不安を見た。

磐音は一旦艫櫓下を離れ、前後左右に揺れ傾ぐ船上を舳先まで歩いてみた。そして、舳先から艫櫓を振り返って見た。帆柱は正徳丸の総船長の一倍半もあった。

正徳丸は二十五反の主帆の他に未だ中帆と艫帆を広げて風を拾い続けていた。三枚の帆がばたばたと鳴る光景は壮観だった。

磐音は剣術家の目で正徳丸を確かめた。

烈風に後押しされる船体にも、船頭や水夫らにも、不安はあったとしても動揺はなかった。主船頭の倉三がきっちりと正徳丸の動き全体を把握していた。ならば難船することもない。磐音の出した結論だった。

磐音は艫櫓下に戻った。すでに太平の姿はなかった。

「倉三どの、素人判断じゃが、船は夜半前に伊勢に安着いたしますぞ」

「ほう、その根拠はなんでございますな」

「剣術の戦いもな、自らを律しているものが勝ちを納めるものじゃ。そなたはまだまだ余裕をもって、操船指揮しておられる。そのような船が間違いを犯すはずもない」

「坂崎様にはえらく買いかぶられちょる。豊後関前に着いたらな、酒ん一杯奢らせちょくれ」

「承知した」

倉三の顔に笑みが戻ってきた。

磐音は再び舳先に戻ると、包平を支えに仁王立ちになり、荒れる海を見続けた。

どれほど刻限が過ぎたか、艫櫓で、

「御前崎沖、通過！」

の大声が上がった。

いよいよ正念場の遠州灘に差しかかったことになる。

磐音は動かない。

正徳丸を安全な航路へ導くように何刻も何刻も立ち続けた。全身がずぶ濡れになっていた。だが、そのこともおこんのことも忘れていた。いや、おこんを守るために舳先に屹立（きつりつ）していた。

波が大きくうねり、舳先に立つ磐音の頭上から落ちてくるようになった。野分の進路が正徳丸へ転進したともとれた。

磐音は支えにしていた包平を腰に差すと両足を踏ん張り、荒天の海を睨んだ。

（来たれば来よ）

胸中に念じつつ、包平を抜き放った。

上段からハの字に斬り分け、左右へ車輪に引き回す。

「ええいっ！」

二尺七寸の刃(やいば)が野分を裂いて、最後に再び真っ向上段から幹竹(からたけ)割りに斬り下ろした。

「伊良湖(いらご)岬が見えたぞ！」

艫櫓から舵方が叫ぶ声に、磐音は無念無想の境地から意識を覚醒(かくせい)させた。

伊勢はもはやそう遠くないはずだ、と安心した磐音は、正徳丸を取り巻く海にすでに夕闇(ゆうやみ)が下りていることに気付かされた。

包平を鞘に納めた。

（いかん、おこんはどうしておるか）

磐音は舳先からずぶ濡れの姿で船室に下りた。するとおこんの姿はなかった。

「おこん」

と小さな声で呼んだ。

磐音が辺りを見回すと、背後に人の気配がした。振り向くとおこんが木桶を抱えて青白い顔で立っていた。

「どうしたの」

「そなたこそどうした」

「胃の腑(ふ)のものをすべて吐いたら、気分がすっきりしたわ」

おこんは吐いたものを片付けていたようだった。

「すまなかったな。大事なときにかたわらにおらなんで」

「いえ、おこんはなぜか磐音様にずっと抱かれているような感じでした」

と答えたおこんが、

「あらまあ、今すぐ着替えを用意するわね」

と甲斐甲斐しく立ち働き始めた。


二人が揃って甲板に出たとき、陽はとっぷりと暮れていた。

波は最前より穏やかになっていた。

刻限は五つ半（午後九時）過ぎか。下田湊から熊野灘まで一気に、ほぼ一昼夜で帆走したことになる。

海は荒れていたが、陸地の匂いを二人は嗅ぎ取っていた。

いつの間にか中帆も艫帆も下ろされ、二十五反の主帆も三分上げにされ、櫓が添えられて湊へゆっくりと近付いていた。

「倉三どの、安乗かな」

艫櫓に問いかけると、

「まずは坂崎様にお礼を言わせちょくれ。天下の剣客に舳先で仁王立ちに睨まれ、刀で斬り裂かれた海はな、正徳丸を一時南に押し流しそうになりましたが、最後は陸地に近づけちょる」

「祝着かな」

「坂崎様、鳥羽も安乗も過ぎてしもうて、大王崎（だいおうざき）を回り込んでな、方座浦（ほうざ）に着きよる。わっしの腕のほども知れておりますなあ」

と大笑いした。

方座は熊野灘に面した風待湊だった。

二

正徳丸を方座に停泊させた倉三は、沖合いを通過する船の見張りをあちらこちらに立てた。むろん豊後一丸との合流を策してのことだ。

二隻の船を率いる主船頭の倉三と豊後一丸の船頭民次との約定では鳥羽の安乗での合流だった。だが、野分の影響を受けた荒波に二隻は大きく離され、先行した正徳丸は熊野の方座まで運ばれていた。

二日ほど岬や海に伝馬を出して沖合いを見張ったが、豊後一丸の船影を発見することはできなかった。

海のうねりは正徳丸が遠州灘を乗り切ったときほど酷くはならず、倉三は野分が沖合いを通過して北に去ったと推量していた。

倉三は市橋太平らと話し合い、次なる合流湊摂津に向かうことに決めた。

方座に碇を下ろすこと二日、三日目の夜明け七つ（午前四時）、正徳丸は帆を上げ、奇岩で有名な鬼ヶ城や白砂青松の七里御浜など熊野灘の起伏に富んだ海岸線を見ながら、串本湊に入った。さらにこの串本で一日ほど風待ちし、紀伊大島沖の風向きを読んでいた倉三は潮岬を廻って紀州由良への航海を命じた。

おこんは遠州灘の荒波を経験したことで自信をつけ、方座からの航海では水夫らの邪魔にならぬように甲板に出て、日を過ごすことが多くなった。

辰平も十三人の水夫らに混じり、甲板の清掃や縄の繕いなどを手伝う余裕が出ていた。

由良に向かう正徳丸の揺れが再び変化した。

大きく揉まれる揺れから小刻みな揺れへと段々変化していた。日ノ御埼を望遠しながら紀伊水道を乗り越えるとさらに波が変わった。

磐音と市橋太平は舳先近くに並んで立ち、阿波の陸影を眺めていた。

「豊後一丸は大丈夫であろうか」

磐音の心配はやはりそこにあった。

「民次は摂津までの内海には慣れた船頭ですが、南海路はほんの数度しか経験がございません。ですが、倉三より船の飯は多く食ってきた男です。なんとかあの野分を乗り切ってほしいものです」

「そう願いたいものだ」

磐音らの唯一の気がかりが豊後一丸の行方だった。

由良湊に停泊した正徳丸で宴（うたげ）が催された。

嵐の外海を無事に乗り切ったことを祝い、豊後一丸の安全を船霊（ふなだま）様に願うためのものだった。

正徳丸の舳先と艫、さらには海へ酒と塩が撒かれて、儀式は終わり、宴へと変わった。

潮風に秋の気配が漂う湊の船上で初めて、倉三以下の船頭水夫、市橋太平ら二名の警護方、さらに同乗者の磐音ら三人が加わり、由良で仕入れた鰯の刺身を肴（さかな）に酒を飲んだ。

「坂崎様、外海は倉三の持ち場、内海に入るとわれらの出番にございます」

と太平が顔を引き締めた。

「海賊か。だが、まずその前に豊後一丸との合流だな」

「はい」

おこんは、この船のどこにこれだけの人数が乗り組んでいたのかと、千石船の大きさを改めて感じていた。

おこんは男衆全員に酌をして、

「江戸で評判の今小町おこん様に酌をしちもろうち、おれはいつ死んでもいい」

と炊き方の熊爺（くまじい）などは、潮に焼けた皺（しわ）くちゃの顔を崩したものだ。

翌朝、由良を出る正徳丸の舳先に倉三が立ち、淡路島（あわじしま）の狭い瀬戸、友ヶ島（ともしま）水道の潮流を自ら読みながら船を進めた。

摂津大坂湊沖合、堂島川と土佐堀川が合流して安治川と名を変えたが、その河口が千石船の船溜（ふなだま）りであった。

「坂崎さん、辰平さん。大坂ね」

「おこんさん、ついに太閤（たいこう）秀吉様が栄耀（えいよう）栄華の夢を結ばれた大坂に到着しましたよ」

と若い辰平も感激しきりだ。

野分の大雨が安治川から海に流れ込み、茶色に濁った濁流が河口流域を染めて扇状に広がっていた。

倉三は正徳丸を河口近くに停泊させた。停泊作業が一段落した頃、倉三が、

「坂崎様、伝馬を出します。大坂の土を踏まんかえ」

と声をかけた。

「よろしいか」

「藩屋敷に到着の挨拶に伺うんじゃわ」

「同道しよう」

磐音はおこんと辰平を誘い、伝馬に乗った。

正徳丸には二隻の伝馬が積まれていたが、その二つともが水上に下ろされていた。

倉三は舵方の観五郎に命じ、江戸から大坂に到着した弁才船に、豊後一丸と遭遇しなかったか、問い合わせに行かせた。

「倉三どの、無事だとよいがな」

伝馬の櫓を握る倉三に磐音は言いかけた。言葉にしたところで詮ないことと承

知していたが、話題はついそちらに向いた。

「へえっ、関前藩が本腰を入れて二隻で船団を組んでの江戸行きです。なんとしても二隻で関前城下に戻りとうございます」

倉三の言葉には、豊後一丸の無事を願う気持ちがしみじみと込められていた。

「いかにもさようかな」

一行は安治川河口を遡り、六軒屋川沿いに各大名家の蔵屋敷が建ち並ぶ船着場に伝馬を舫った。

豊後関前藩の大坂屋敷も六軒屋川の中ほどにあった。参勤交代の折りの中継拠点であり、物産事業の根拠地となって藩士らが常駐していた。

「われらも挨拶いたそう」

関前藩の参勤行列は豊後関前から船を仕立てて豊後水道から瀬戸内に入り、摂津大坂に到着した後、体制を整え直して今度は陸路江戸に向かうのだ。

磐音には馴染みの藩屋敷だ。

門前に四人が立つと玄関先に懐かしい顔があった。磐音の中戸道場の先輩にあたる東源之丞だ。

「おお、来おったな」

とますます太った源之丞が破顔し、

「おこんさん、久しぶりかな。一段と美しさに磨きをかけられたな」

と藩屋敷じゅうに響きわたる声で叫んだものだ。そのせいで、大坂屋敷勤番の藩士たちが飛び出してきた。

大半は磐音も承知していたが、数人の若い藩士には見覚えがなかった。

「東様、ご壮健の様子なによりです」

「そなたらの正徳丸乗船は早足の仁助が伝えていったわ。今頃、関前城下は、江戸で評判のおこんさんの来訪の噂で持ちきりだぞ」

おこんは困惑の体で、答える術を知らなかった。

「東様、豊後一丸と離れ離れになってしまいました」

と倉三が江戸からの航海を報告した。

正徳丸到着を静かに喜んでいた大坂屋敷の藩士たちの顔に不安が滲んだ。

「大坂も野分が見舞うたで心配しておった。なんとしても無事に姿を見せてくれんかのう」

と東源之丞が答えたとき、門前に足音が響き、舵方の観五郎が飛び込んできた。

「主船頭、豊後一丸が姿を見せましたぞ！」

「おおっ！」

大坂屋敷に歓声が沸いた。

「東様、わっしは湊に戻ります。これにてご無礼申します」

倉三が踵を返して湊に走った。観五郎も倉三を追おうとしたが、源之丞が、

「待て、豊後一丸の様子はどうか」

と確かめた。

「遠目でございますんで、なんとも言えません。帆も船首もだいぶ傷め付けられちょるごとある」

「よし、坂崎、供をせえ」

と昔の道場の先輩に戻った口調で命じた。

「おこんさん、辰平どの、ゆっくりあとから参られよ」

と言い残した磬音は観五郎を先頭にして湊に走り戻った。

暮れなずむ湊の一角、正徳丸のかたわらに豊後一丸が帆を下ろしたところだった。船体は想像した以上に痛々しく、満身創痍の感があった。

「刎荷じゃあ！」

観五郎が悲鳴を上げた。

刎荷とは、嵐に遭った船が航海を続けるために船上の荷を海に捨て、重心をできるだけ低くすることだ。

「この際だ、刎荷の被害は致し方あるまい」

東源之丞が応じた。

先行した倉三は伝馬で豊後一丸に漕ぎ寄ろうとしていた。

船着場に観五郎の伝馬が残っていた。三人は飛び乗ると豊後一丸に向かった。

近付けば近付くほど豊後一丸の苦難の航海が偲ばれた。

磐音は豊後一丸全体に陰鬱な気配が漂っていることに気付かされた。刎荷をしたせいか。

伝馬の舳先が豊後一丸にぶつかるようにして止められ、源之丞が太った体で縄梯子を急ぎ上がった。

磐音も続いた。

艫櫓下で二人の船頭が額を寄せ合い、深刻な様子で話し合っていた。

「民次、乗り組みの者は元気か」

源之丞がまず水夫らの安否を大声で尋ねた。

「それが」

と民次が顔を磐音らに向けたが、憔悴しきっていた。

「いかがいたした」

「東様、警護方住倉十八郎様と、副船頭の虎吉が亡くなりましてございます」

「嵐の海に落水したか」

「いえ」

と民次が顔を横に振った。

「東様、まずは住倉様に会ってくだせえ」

民次が源之丞、磐音、倉三の三人を艫櫓下の船室に案内した。行灯が点された狭い部屋に、帆布で包まれた亡骸が横たえられていた。

民次が帆布を開いた。

三崎で元気に竹刀を振るっていた住倉十八郎が、苦悶の表情を顔に残して死んでいた。喉元に突き傷があった。

磐音は片膝を突き、

「どなたか灯りを」

と願った。

倉三がそれに応え、壁に掛かっていた行灯の灯りを外して照らした。

見事な突き傷で、それが刃物、それも刀傷であることを示していた。空恐ろしいほどの一撃だ。

「たれが住倉を殺めおった」

東源之丞の押し殺した声が事情を問うた。

「発端は遠州灘に差しかかった折りのことにございます。船が強い風に沖合いへと流されようとしますので、わっしはまず船足を緩めようと艫から苧綱を流しました。船足は納まらず、そこで刎荷をするかどうか、虎吉に揚げ蓋の上の荷の具合を何度も見に行かせましたんで」

荷を捨てることは船頭にとって重い決断だった。

「船の舵の利きがさらに悪くなりまして、どうしたものかと迷っておりますと、虎吉が、もう一度波の具合を見に行くと舳先に下りました。夜のことでした。それから四半刻（三十分）が過ぎても虎吉が戻ってこないことに気付き、別の者を探しにやりました」

「落水したか」

「そいつがはっきりといたしません。分かったことは、虎吉の姿が船のどこにもないということなんで。落水が確かめられたとしても、もはや船を戻すことは適いません。なにしろ沖へ流されている気配がございましたゆえな。わっしらはとにかく陸地に近付こうと必死に操船しておりました。明け方のこと、波と風の音に混じって人の悲鳴が聞こえました。わっしは水夫らに直ちに船内を調べさせました。すると住倉十八郎様が揚げ蓋下の荷の間に倒れていなさったんでございます」

「住倉は警護方でも腕は確かだったな」

「へえっ」

と答えた民次に源之丞が訊いた。

「警護の相方はたれか」

「富岡新三郎様です。わっしは住倉様の傷が刀傷と推察いたしましたんで、富岡様の刀を失礼とは存じましたが調べさせてもらいました。当然ながら血の一滴も付いておりません。第一、住倉様の悲鳴と思われる声が響いたとき、富岡様は炊き方におられて、何人もの水夫と一緒だったんでございますよ。どんなことをしても、腕前に格段の差のある住倉様を殺すなんてできませんや。むろん水夫が殺したなんてこともございません。わっしは十二人の水夫を尋問しましたが、一人でいた者はだれもいないんで」

「これは武家の、それも凄腕(すごうで)の持ち主の仕業じゃ」

と磬音が応じた。

「住倉どのは刀を持参しておられたか」

「狭い船倉にございます。手に提げておられました」

「住倉どのはなにをしておられたのか」

「富岡様が申されますには、老練な水夫の虎吉が落水したとはおかしい、と申されて船内を一人捜索なさっておられたようなのでございますよ」

「そのとき、たれぞに襲われたか」

東源之丞が呻くように言い、

「心当たりはほんとにないのだな、民次」

と念を押した。

即座に顔を横に振った。

「民次船頭を含めて十四人と警護方二人、都合十六人の他に、だれか船に乗っておったか」

倉三が呟いた。

「一つだけおかしなことがございますんで」

「なんだ」

「東様、炊き方が言うには、水、酒、食べ物がなくなったことがあるそうなんで。だが、嵐の最中だ、風に吹き飛ばされたってこともある、あるいは手が空いた者が握り飯を無断で食べたってこともございます。そのときは気にしませんでしたが、今になってみると……」

磐音が立ち上がり、

「民次どの、住倉どのが倒れていた船倉に案内してくれ」

と頼んだ。

住倉が斃れていた船倉は古着が山積みされた一角で、左右に均衡を保って積まれた古着の包みの間に、幅一尺余の通路が設けられていた。

床には未だ住倉の血の跡があり、生臭い臭いが残っていた。

磐音は手燭を下げて奥へ入り込んだ。だが、人の気配はなかった。

船倉の入口に待つ源之丞が、

「坂崎、なんぞあったか」

と叫ぶ声が伝わってきた。

太った源之丞は船倉に入れなかったのだ。磐音に従うのは民次と倉三の二人だ。

三人は手分けして、古着が積まれた胴の間を隈(くま)なく調べた。だが、人が潜んでいる様子はなかった。

「おかしい」

と倉三が呟く。

「倉三どの、なにがおかしい」

「へえっ、はっきりしたことは言えんけんど、船頭の勘でしょうかな。こん胴の間をだれかうろちょろしちょったごとある」

胴の間は上棚、中棚の二層に分けられていた。中棚には鉄材、醤油(しょうゆ)など重いものが積まれていた。

倉三は上棚の床の一部を足で踏んでいたが、

うーむ

と訝しい声を洩らし、中棚の床を捲(めく)った。するとさらに澱(よど)んだ風が流れてきて、それに饐(す)えた臭いが混じっていた。

倉三が下りようとするのを磐音は止めた。

「それがしが先に参ろう」

磐音が狭い穴から中棚へと下りた。

倉三がすぐに手燭と一緒に続いた。豊後一丸の中棚には味噌樽(みそだる)が積んであった。そして、樽の上に筵(むしろ)が敷かれ、人が寝た痕跡をとどめていた。

磐音らは中棚じゅうを調べた。だが、その人物はすでに船外へと逃亡したか、姿はなかった。

「一体だれが船に潜り込んだんで」

民次が憤怒を抑えて吐き出した。

磐音は沈思していた。

江戸を出る前、木下一郎太が笹塚孫一の言伝(ことづて)を伝えてくれた。

「千代田のお城を支配する父子が、再びもぞもぞと策動され始めたとのこと、道中いつ何時刺客が立ち現れるやもしれぬ、精々気を付けて旅をされよ、とのことです」

と知らせてくれたのだ。

(もしやとは思うが……)

とそのことの可能性を胸中で吟味した。だが、そのことをみなの前で口にすることはなかった。不確かな情報は人の心を不安にさせるだけだと思ったからだ。

関前藩御用船の正徳丸と豊後一丸は、摂津大坂湊沖合に三日停泊することになった。

三

その間に住倉十八郎と虎吉の仮弔いを行い、嵐に船体を傷め付けられた豊後一丸は船大工を呼び、応急修理を施すことになった。

おこんは一旦船を離れ、関前藩の藩屋敷に移ることになった。

東源之丞の厚意だ。源之丞は磐音にも、おこんと一緒に屋敷へ引っ越さぬかと言ったが、磐音は正徳丸を離れなかった。

漠たる不安が磐音にあり、船を離れることを躊躇(ためら)わせた。ために磐音はしばしば豊後一丸を訪ね、船大工らが壊れた船首を修繕し、櫂(かい)に手を入れて補強するのを飽きずに見守っていた。

磐音は子供の頃から大工や庭師の仕事を見るのが好きだった。鉋(かんな)の刃に薄く削られた鉋屑(くず)が、

しゅるしゅる

と生き物のように現れて渦を巻く光景はいかにも魅力に富んでいた。なぜ道具一つで薄く透き通った鉋屑が作られるのか、信じられなかった。

だが今は、そのこと以上に、住倉十八郎を刺殺した相手のことを考えていた。摂津大坂に到着する前に死体が発見され、騒ぎになると、一旦は豊後一丸を離脱したかもしれない、だが、もしその者の狙いが坂崎磐音ならば必ず戻ってくると思ったのだ。そのことが豊後一丸に磐音を通わせていた。

揚げ蓋の上に積まれた荷は海に流され、がらんとしていた。その船上で水夫らがせっせと帆を繕（つくろ）っていた。

「坂崎様、ご苦労にございます」

と六軒屋川の藩屋敷から戻ってきた船頭の民次が磐音に声をかけた。その後から太った源之丞が姿を見せた。

「屋敷の女衆（おんなし）に案内させて、おこんさんを船で大坂見物に行かせたぞ。松平どのも、大坂の町道場を見学したいと言うで、藩と縁故のある道場を二つばかり紹介しておいた」

「それは真（まこと）に有難きご配慮にございます」

「おこんさんは、速水左近様の養女になられるのか。そなたも坂崎家を離れて佐々木玲圓先生の後継となるというではないか」

「東様、こたびの騒ぎで報告が遅れ、申し訳ございません。そのための関前帰国にございます」

「ご家老は前々から肚を括っておられた節があったが、照埜様がようも承知されたものよ」

「母は未だ坂崎家を継ぐことを願うておられるようです」

「そうであろう。殿はなんと仰せられた」

「ご承知いただきましてございます」

「殿の胸中が察せられるわ」

磐音の返答に源之丞が応じ、

「これよりの船道中、豊後一丸に市橋太平を移し、それがしが正徳丸に乗り合わせる」

と住倉の欠けた警護方の交代を告げた。

「なあにこれからは内海じゃ。二隻が離れ離れになることもないからな。海賊なんぞが姿を見せても、この東源之丞が成敗してくれん」

と胸を張った。だが、どう見ても船縁(ふなべり)を縄梯子で上がっただけで息が弾む源之丞はいかにも心もとなかった。

「それは心強いお言葉です」

と磐音が言うのへ、

にたり

と笑った源之丞が、

「そなた、佐々木道場の柿落（こけら）としの大試合で数多（あまた）の剣客を破り、第一位の誉れを得たというではないか。久しぶりに居眠り剣法が見たいものよ」

明和九年の初夏、磐音ら三人の関前帰国を待ち受けていた元国家老宍戸文六の姦計（かんけい）に嵌（はま）り、一夜のうちに友の河出慎之輔と小林琴平が自滅させられた騒動があった。

慎之輔を斬り伏せた琴平には上意討ちの沙汰が命じられた。討ち手は磐音が務めた。

その死闘の場に立ち会ったのが源之丞だった。

目付頭（めつけがしら）であった東源之丞も今では郡（こおり）奉行という要職に就き、国家老の坂崎正睦を補佐していた。

「大試合とは申せ、祝い事の催しです。差し引いてお受け止めください」

源之丞は屋敷に泊まったおこんから、江戸の模様をいろいろと聞き出したようだ。

大坂湊沖合に停泊した正徳丸と豊後一丸は四日目の夜明け、東源之丞とおこんを正徳丸に迎え、市橋太平が豊後一丸に乗り換えて碇を上げた。

久しぶりに帆を上げる大轆轤の音を聞きながら、磐音、おこん、辰平は遠のく大坂の家並みを艫から眺めていた。

「おこんさん、大坂を楽しんだか」

「はい。あちらこちらと案内してもらいました。食べ物の味付けも言葉も気風もまるで江戸と違ってたけど、なんとも楽しかったわ」

晴れ晴れとしたおこんの顔には、三都の一つ大坂に触れた感激と驚きがあった。

頷き返した磐音の目が辰平に向けられた。

「道場を廻ったそうな」

「大坂に逗留なさる大名家の家臣方が通われる町道場でした。一つは柳生新陰流、もう一つは小野派一刀流を名乗っておられましたが、忌憚なく申せば手応えがございませんでした。第一、熱心な指導ぶりでも稽古ぶりでもなく、遊んでおられるような稽古風景でした」

「竹刀を交えたか」

「少しだけ」

辰平の鼻が蠢いていた。

「そうか、手応えがなかったか。大坂は剣術よりも商いの地ゆえ、致し方あるまい。それで慢心するでないぞ、辰平どの」

「承知しております」

「よき経験であったな」

豊後一丸が先行し、正徳丸が続いて尼崎沖を通過した。内海に入り、波は穏やかで陸地の光景が次々に変わり、磐音らは見飽きることがない。

陸地に芒の穂が白く光り、萩の花が野山を紅紫色に染めているのがなんとも可憐であった。

そんな風景の中、磐音は辰平と二ッ木猪吉を相手に甲板上で稽古をした。体がほぐれる程度の軽いものだ。

それをおこんや源之丞が見物していた。

「東様、いかがです、ひと汗流されては」

磐音の言葉に源之丞が、

「やめておこう。力は戦に備えて残しておく」

と手を横に振り、

「坂崎、そなたの稽古を久しゅう見なんだが、さらに力を付けたな。いや、力を付けたというのではない、動きの一つひとつに深遠奥義(おうぎ)を感じるわ。佐々木玲圓先生がそなたを望まれるはずだ」

と感嘆した。

「若い二人を相手にしてのことです、そう買いかぶらないでください」

「いや、そうではない」

と源之丞が得心したように頷いたものだ。

「東様、積荷を狙う海賊どもが出るとしたらどの辺りですか」

「備州(びしゅう)児嶋を過ぎた辺りの海だ。本日はまずその心配はない」

二隻の船は順調に明石(あかし)瀬戸へと差しかかり、乗り切った。

船の暮らしに慣れたおこんは炊き方の手伝いをして、昼餉を用意した。

瀬戸内に入り、船が揺れる心配はない。炊き方は火が使えるので、大坂の漁師から買い求めた蛸(たこ)をぶつ切りにし、おこんが見たこともない魚をたっぷりと入れた海鮮汁ができた。

握り飯に海鮮汁、それに蛸のぶつ切りと贅沢な昼餉だった。

「これで酒があれば申し分ないがな」

と酒好きな源之丞が残念そうに呟く。

「東様」

と気を利かせたおこんが茶碗酒を運んできた。

「おこんさん、それがしだけか」

「水にございますれば」

「おお、そうだ。これは水じゃあ」

と相好（そうごう）を崩した。

昼餉の間も倉三らは交替で舵方を務め、船を進めた。この日、風は緩やかな北東風で、兵庫津（ひょうごのつ）を過ぎて明石瀬戸を抜けて播州（ばんしゅう）姫路城下まで距離を伸ばした。海路二十余里、なかなかの距離を稼いだことになる。

二隻の船が碇を下ろし、豊後一丸から市橋太平が伝馬で姿を見せた。海賊が立ち現れるとしたら、明日から数日の航海だ。そのための綿密な打ち合わせがなされるのだ。

東源之丞を中心に海賊からの防衛策が検討され、船足の遅い豊後一丸には助っ人で松平辰平自らが志願して乗り組むことになった。これで豊後一丸の警護は市橋ら三人体制になった。

姫路沖で風待ち二日、二隻の船の船頭が話し合い、三日目の未明、帆を張った。打ち合わせどおりに辰平は豊後一丸に木刀持参で乗り移っていた。

二隻は互いが視認できる間合いで進んだ。

この日、姫路を出た関前藩御用船は室津、坂越浦、牛窓を経由して、牛窓から海上十一里先の児嶋の弁天崎沖を目指す。

出帆から数刻後、稽古を終え、朝餉を食した磐音が舳先に立ち、行く手を見ていると源之丞が姿を見せた。なにか話がありそうな顔付きだ。だが、日和の話などしてなかなか切り出そうとしなかった。

「東様、なんぞお話がございますので」

「うーむ」

「どうなされました」

「そなたは国家老の嫡男とは申せ、佐々木家に養子が決まった身ゆえ、迷惑千万の話であろう」

源之丞は海風が吹く舳先で額に汗を滲ませていた。

「藩の財政が好転の兆しを見せた頃合い、またぞろ御用商人と結託して遊興に走る輩が姿を見せたそうな」

「知っておったか」

「中居半蔵様がちらりと洩らされました」

「ならば迷うこともなかった。それなのだ」

「父は承知なのでございますな」

「ご家老は無論承知だ。だが、遠慮もなさっておられる」

「それはまたどういうわけで」

「そなたは藩物産所開設の張本人じゃが、藩騒動の後、藩を離れたで、中津屋文蔵と申す商人を承知しておるまい」

「存じませぬ」

「この者、日出城下の生まれで、筑前博多の大商人、箱崎屋次郎平のもとで商いの道を学び、日出に戻った折り、正睦様がこの者の商いの才を人づてに聞かれて面談なされ、豊後関前に呼ばれたのだ。初期の物産所の資金繰りを大いに助けてもろうた。むろん利息はそれなりに支払い、元金も遅滞なく戻しておる。この者、関前の大手門前、関前広小路北角に店を構え、両替商を表看板に長崎口の品を扱い、めきめきと財力を蓄えてきた。となると藩士の中に、中津屋のおこぼれに与(あずか)ろうという連中が出て参る。わずか数年前、そなたらが血を流し、藩政を立て直したことなどあっさり忘れておる」

「中津屋と結託した家臣はどなたですな」

「何人かおるが、一番けしからぬのは浜奉行の山瀬金大夫(やませきんだゆう)と申す者。そなた、覚えがあるか」

「もはや七十を超えられた方と覚えております」

「それは先代じゃ。山瀬家には男がおらんでどこか他藩から婿(むこ)を迎えられた。この者が金大夫を名乗り、浜奉行にも就いておる」

　磐音には山瀬家の婿に記憶がなかった。

「元々六、七年前までは、浜奉行ほど地味な職階はなく、禄高(ろくだか)百石以下の者の就く役職であった。それが藩物産所の成功で、浜奉行の重要性が増した。中津屋と親密になり、浜の物産の仕入れを専横し始めたのは、この二年前からじゃ。今では中津屋と山瀬の仲を知らぬ者とてない。中津屋は山瀬を藩物産所の取締方に就けたがっているという噂がある」

　藩物産所の取締方は国家老の坂崎正睦が兼任していた。だが、物産事業が軌道に乗った今、正睦は適任の藩士に譲りたがっていた。百石以下の山瀬が取締方を狙うというのは、それだけ力をつけたということであろう。

とにかく正睦は国家老の職掌一つだけで十分多忙だったし、今まで兼任していたことがすでに磐音には驚きだった。

「すでに藩政に悪しき影響が出ておりますか」

「正睦様の命で藩の金子の出入りは調べたが、ないと見た。だがな、浜での仕入れ値を動かせるのは浜奉行じゃ。こいつを操作しておれば、あの程度の調べでは正直見当がつかぬ」

と藩の元目付職が言った。

郡奉行の源之丞が大坂の藩屋敷に出張っていたのはそのことがあったからか。

「それより、中津屋と浜奉行山瀬に擦り寄る網元、商人、家臣らの動きが気になる。撞木町の色町は連夜賑やかだ。これ以上、酷くならないうちに芽を摘んでおかぬと、宍戸文六様の専断の時に逆戻りいたす」

磐音は考えていた。

父は、おこんの一件もさることながら、藩内に再び萌芽しようとする悪習の根を絶たせるために磐音を国許に呼び戻したか。

「東様、どうなさるおつもりで」

「わしは正睦様の肚の括り方一つと思うておる。だが、正睦様は、藩物産所開設の折りに中津屋に恩義があることを気にかけておられる」

「それとこれとは別にございます」

源之丞がわが意を得たりと首肯した。

「坂崎、そなたが関前逗留中に事が動くようならば手を貸せ」

磐音は応えられなかった。

「よいな。そなたがどのような立場に変わろうと、藩政改革はそなたの役目ぞ。生みの親じゃからな。それに河出慎之輔、小林琴平の無念をそなたが受け継いでおるのだからな」

と源之丞は言い切った。


牛窓瀬戸を慎重な操船で通過し、二隻の船は南へ、児嶋の東海岸を目指した。風が弱まり、船足が遅くなった。そのせいで児嶋半島が見える頃合いには、すでに陽が暮れようとしていた。

突然、先行する豊後一丸の様子に異変が生じた。急回転が面舵(おもかじ)に切られ、正徳丸の艫櫓から倉三の警告の声が発せられた。

「海賊めらが現れましたぞ！」

千石船の周りに早船三隻が小判鮫のように食らいついていた。風がないので正徳丸はすぐに併走できなかった。そこで正徳丸から伝馬が下ろされ、磐音、源之丞が飛び乗った。

水夫二人が二丁櫓で豊後一丸に猛進した。

源之丞は竿を手に、磐音は木刀を持参していた。

伝馬から市橋太平や松平辰平が大勢の海賊を相手に奮戦する光景が眺められた。

伝馬が豊後一丸の右舷船縁に到着した。その様子を見ていた水夫がいたか、縄梯子が投げ落とされた。

「お先に御免！」

磐音が縄梯子に取り付き、一気に上がると、豊後一丸の甲板に飛び下りた。目に飛び込んだのは、市橋らが艫櫓下に追い詰められた光景だ。それでも辰平らは奮戦していた。

「許さぬ！」

磐音の大喝が船上に響き渡った。

海賊の頭目が悠然と振り向いた。

「仲間か。待っておればこちらから出向いたものを」

と手にしていた薙刀(なぎなた)を構えた。

磐音は迅速だった。

普段の居眠り剣法を捨て、木刀を構えると頭目に迫った。

頭目が薙刀を車輪に回して斬り込んできた。飛び込んだ磐音の木刀が、刃風を生じさせて回される薙刀の千段巻(せんだんまき)を叩いた。

ぼきり
と柄が折れる音がして刃先が吹っ飛んだ。

おっ！

と立ち竦む頭目の肩口を磐音の木刀がさらに叩いた。

ぼきっ
と肩の骨が打ち砕かれる音が不気味に響いて、絶叫した頭目が甲板に転がった。

手先たちが磐音を見つめた。

東源之丞がようやく船上に姿を見せた。

「そなたら、命は惜しゅうないのか」

「お頭の仇じゃ、殺っちまえ！」

兄貴分が叫び、手先たちが一斉に磐音に躍りかかろうとした。

その機先を制して、磐音が踏み込みざまに木刀を右に左に振るった。木刀が光になって動くたびに一人ふたりと倒されていった。まるで鬼神か阿修羅の勢いで、だれにも手が付けられなかった。磐音の前に立ち塞がり、攻撃する者すべてが次の瞬間には倒されていた。

旋風が吹き荒れ、去った。

磐音は元の場所へと飛び下がった。

甲板に五、六人の海賊どもが倒れて呻吟していた。

残された海賊は十人ほどだ。

「どうするな」

呆然としてだれも答えない。

「退がるとあらば、怪我をした仲間を連れていくことをさし許す」

磐音の言葉に仲間が怪我人に飛び付き、甲板を引きずって早船へと下ろした。

豊後一丸の船上に歓声が湧き、ようやく追いついた正徳丸からも呼応する声が響いてきた。

二隻の船が舳先を並べて備前岡山領児嶋の弁天崎沖合いに到着したのは、すでに五つ（午後八時）を過ぎた刻限だった。

四

おこんは船旅にも慣れ、刻々と変わりゆく瀬戸内の島々を眺めて島の暮らしぶりを想像したりした。

船が島に近付くと秋茜（あきあかね）が船上まで飛んできた。そして、島の段々の斜面に山萩の白色や紅紫色が散ってなんとも目が洗われた。

船に慣れたということは、船旅が終わりに近付いていることを意味していた。

それは取りも直さず坂崎家の身内との面会が近付いているということだった。

深川生まれで商家に奉公した女を坂崎家が、特に照埜が受け入れてくれるかどうか、おこんの胸はこのことで一杯だった。だが、磐音に覚られまいとその懸念を顔に浮かべないよう努めていた。

関前藩の御用船二隻は備前岡山領を離れると直島（なおしま）諸島を抜けて、塩飽（しわく）諸島の江ノ浦を経由し、魚島（うおしま）沖から来島（くるしま）の瀬戸を抜けて斎灘（いつき）へと入っていた。

風待ち、潮待ちしたとしても精々一日限りで順調な航海だった。

おこんは船が伊予国中島の大浦沖に停泊したとき、初めて長持ちの中の、関前城下に到着した折りに着る衣服を確かめようと考えた。

一棹の長持ちの上の方にはおこん自身が買い溜めてきた、季節の袷と綿入れの小袖が入っていた。

磐音に手伝ってもらい、おこんは船座敷に持参してどれにするか決めようとした。

三枚のうち、おこんが選んだのは、秋模様を染め出した京友禅の小袖だった。だが、関前城下で派手に見られないか、おこんは迷った。

もう一枚は黄八丈の替縞で、一旦廃れていた黄八丈は安永に入り、歌舞伎『恋娘昔八丈』で三代目瀬川菊之丞が着たこともあって流行していた。深まりゆく秋の気配に黄八丈も悪くはない。

最後の一枚は江戸小紋だ。千鳥模様は粋だが、まだ嫁入り前の女には地味すぎないか、そんな不安がおこんの胸を過ぎった。

長いこと迷った末に、答えを出すのはもうしばらく後にしようとまた長持ちに仕舞い込んだ。

そのときおこんは、中棚から吹き上げる微(かす)かな風を感じた。どこか湿気(しけ)った風の中に人の匂いが混じっているような気がした。

だが、きっちりと閉じられた船倉下に人がいるはずもない。おこんは気の迷いだとすぐに忘れた。

豊後一丸の中棚に人が潜(ひそ)み、警護方の住倉十八郎を刺殺したことをおこんは知らされていなかった。

おこんが気味悪がってもいけないと、磐音は詳しい話をおこんに聞かせなかったからだ。

「夕餉じゃぞ！」

甲板から炊き方の叫ぶ声が船座敷まで伝わってきて、おこんは、

（夕餉の手伝いをしなかったわ）

と思いながら船座敷を後にした。

甲板上にはいつものように車座に席が設けられ、瀬戸内の島嶼(とうしょ)で美味と評判の虎魚(おこぜ)、眼張(めばる)、魴鮄(ほうぼう)などの刺身が大皿に盛られ、大鍋(おおなべ)にも味噌仕立ての海鮮鍋が作られていた。

船の食事はどうしても魚が中心の大鍋料理になる。おこんは、野菜のお浸しか

煮付けが食べたいと思ったが、船では贅沢な食べ物だった。

「手伝いもせず申し訳ございません」

おこんが詫びると東源之丞が、

「おこんさんは、殿お声がかりの客人じゃ、よいよい。それより坂崎の隣に座られよ」

と隣に空けられた席を指した。

「ただ今参ります」

と答えながらも、おこんは竈のある台所に向かった。

「なんぞ手伝うことはございませんか」

炊き方の熊爺が、

「おこん様、酒の燗がそろそろつく頃合いじゃ。東様は催促が厳しいで運んでくださらんか」

と応えた。

船で船頭や水夫衆がわざわざ燗をつけて酒を飲むことなどない。だが、酒好きの源之丞だけに酒の注文が五月蠅かった。

若い炊き方から渡されたのは、鉄瓶に入った燗酒だった。船上に銚子や燗徳利の用意などなく、豪快に鉄瓶に酒を注いで燗をつけたものだ。

おこんが湯飲みと鉄瓶を運んでいくと、

「おこんさん、なにをしておる。そのようなことは炊き方に任せればよい。客人はでーんと座っておるものじゃ」

と言いながらもおこんの提げた鉄瓶に目を留め、

「おおっ、酒を運んでこられたか。よう気が付かれたな、うんうん。おこんさんもよいが、酒の到来がなによりじゃ」

と源之丞は正直な気持ちを吐露し、舌嘗(な)めずりまでした。

「お待ちどおさまでした」

湯飲みが配られ、おこんが鉄瓶から酌をして、一足先に宴が始まった。

磐音は湯飲みを手にしてかたちばかり口をつけたが、飲もうとはしなかった。主船頭の倉三らがまだ顔を揃えていなかったからだ。船頭や水夫には、湊に入ったら入ったで、やるべき作業が限りなく残されていた。

「東様、関前まであと何日かかりますか」

おこんの問いに、一杯目の茶碗酒を半分ほど飲み干した源之丞が、

「これから最後の大仕事が待っておる。中島を出たら、風次第じゃが一息に未申(ひつじさる)

の方角を目指して、佐田岬沿いに伊予灘を突っ切ることになる。速吸瀬戸を乗り切れば、関前の白鶴城の天守も見えて参る」

源之丞の言葉に、ちょうど夕餉の座に着こうとした倉三が、

「おこん様、東様、ちょうど天気の変わり目です。ここで、二、三日風待ちすることになりましょう。そんあとは一気です。ここまで来れば倉三にとって庭ごたる海、着いたも同然です」

と長い航海が終わりに近付いたことを一座に告げた。

「ならば倉三、前祝いに一杯飲め」

源之丞の言葉におこんが倉三に酌をすると、

「今小町のおこん様に酌をしちもろうち、果報者じゃ」

と嬉しそうに顔を崩した。

倉三の予言どおり、大浦で三日風待ちした。

「皆の衆、関前を前にして足止めをくらいましたがな、明日にはいい風が吹きましょう。夜明け前に帆を上げて、できることなら、一息に伊予灘から速吸瀬戸を横切って、関前の湊に入りとうございます」

と倉三が宣告したのは夕餉の後のことだ。

一座から歓声が湧き、水夫らは出帆の点検作業に入った。

おこんは炊き方を手伝い、辰平が汲み上げる海水で汚れた器を洗った。その折り、熊爺と若い唐八郎の話が耳に入った。

「こら、唐八郎、おまえはよほどの腹減らしじゃのう。夜中に残り飯を盗み食いすんな」

「熊爺、おりゃ、そげなけちなことはしちょらん。食いたきゃ、堂々と丼飯を掻っ食らう」

「いいや、飯盗人はおまえに決まっちょる」

「熊爺、近頃、ぼけが酷うなっちょる」

という唐八郎の呟きでその会話は終わった。

おこんはその夜、磐音と二人で枕を並べ、関前に到着した折りに着る小袖をどれにするか尋ねた。

「おこん、そなたは着上手じゃ。なにを着てもよう似合う」

「真剣に考えてください。照埜様がどう思われるか、召し物は大事なんですから」

「未だ母者のことを気にしておるのか」

「初めてお目にかかるのよ。気を遣うのは当然です」

「そうか。先ほど長持ちから出したのは友禅に黄八丈に小紋か」

磐音は母の好みやおこんの着映えをしばし考え、黙り込んだ。

「なにを着たらいいかしら」

「母の好みもそなたの気持ちも考えずに言わせてもろうてよいか」

「磐音様が私に着てもらいたい召し物ですか」

「己の好みしか応えられぬ」

「なにかしら」

「千鳥小紋は淡い小豆(あずき)地であったかな」

「はい」

「あれがよい。そなたの美しさがさらに凛(りん)として引き立とう」

「決めました」

磐音の腕がおこんの首の下に回され、おこんが寄り添った。

「明日にも皆様にお会いできるのね」

「倉三どのの腕次第じゃな」

会話が途切れた。

おこんはふと、炊き方の熊爺が若い唐八郎に、夜中に盗み食いをすると小言を言っていたことを思い出し、寝物語に語った。さらに船倉で感じた人の気配も告げた。

「唐八郎はなんと答えたな」

磐音の問いは意外にも真剣だった。

「飯を食べたければ堂々と丼飯で食べると答えていました」

「ふーむ」

磐音は何事か考え込んだ。

おこんが磐音の腕の中で眠りに就いた。おこんが寝息を立て始めて四半刻後、磐音はおこんからそっと腕を抜くと脇差を腰帯に差し落とし、包平を手に船座敷から甲板に上がった。

正徳丸は明朝の出帆を前に、全員が眠りに就いていた、と思われた。だが、艫櫓下に設けられた竈の前に一つの影があった。

唐八郎だ。

「どうしたな」

「ああ、坂崎様。熊爺がおれのことを飯盗人と言うけん、だれが腹減らしの大鼠(ねずみ)か見張っちょるところです」

「それがしも付き合おうか」

「坂崎様が」

唐八郎が考え込んだ。

「やっぱり、豊後一丸で住倉様と虎吉さんが殺されたことと関わりがございましょうかな。そやつが正徳丸に密かに乗り移った」

「そなたも考えたか。鬼が出るか蛇(じゃ)が出るか、まずは待とう」

磐音と唐八郎は炊き方が見える、帆柱の幹元に斜めに下げられた帆桁の下に座り込んだ。

千石船の総船長はおよそ五十一、二尺だが、帆柱は幹元径二尺四寸、長さは八十九尺から九十尺もあった。そして二十五反の帆を支える帆桁は六十五尺ほどだ。ゆえに帆桁の下の暗がりに潜めば闇と同化して判別はつかない。

時がゆるゆると流れ、寒さが忍び寄ってきた。だが、二人とも身動(みじろ)ぎもせず、その時を待っていた。

磐音は考えていた。

もしだれぞが豊後一丸から正徳丸に乗り移って潜んでなにかを画策しているとしたら、今宵が最後の機会だ。明日は豊後関前城下に到着し、二隻の船は関前藩物産所の見張りも加わり、さらに警戒が厳重になる。なにより豊後一丸で二人の犠牲が出ているのだ。人手を頼りに即刻船の探索が行われることも考えられた。

（田沼意次が坂崎磐音暗殺に放った刺客か）

江戸からわざわざ豊後一丸に忍び込んできたとしたら、その確率は高いと考えられた。

九つ半（午前一時）の頃合い、磐音は人の気配を感じた。

だが、その気配は一瞬で掻き消えた。

やはり招かざる何者かが乗船しているのかどうか、今一つ判然としなかった。

八つ（午前二時）過ぎ、倉三が姿を見せて夜空を仔細に観察した。

「予測なされたとおりに出船かな」

磐音の問いに倉三が凝然として、帆桁の下の二人の影を認めた。

「そげなとこでなにしちょるんかえ、坂崎様」

磐音が唐八郎と徹宵した理由を述べた。

「なんかえ、坂崎様は、住倉の旦那と虎吉を殺めたもんが、今度はこん船に隠れちょると言うんかえ」

「今一つはっきりせぬが、おこんさんが感じた人の気配といい、炊き方から消える残り飯の一件といい、いささか訝しい」

倉三がいきなり叫んだ。

「総員起床じゃ！」

甲板に松明（たいまつ）が点され、水夫らが寝惚け眼で姿を見せた。

「親父、ちいとばかり早かろうが」

「ぬかせ。帆を上げる前に中棚、上棚、どこでも調べんか。舳先から艫まで見逃すんじゃねえぞ！」

「親父、なにを探すんか」

「人ひとりじゃ。そんやたー住倉の旦那と虎吉を殺めた野郎じゃ」

磐音も言葉を添え、

「よいか、そやつを見つけても手捕りなどしようと考えるな。手練（てだ）れの武芸者と思える」

と注意した。

「さ、坂崎」

という声がして、艫櫓下から東源之丞が蹌踉と姿を見せ、その後ろにおこんが従っていた。

おこんの首に白刃が当てられていた。最後に姿を見せたのは異臭を放つ剣客だった。この者の手に抜き身があった。

三人は艫櫓下右舷に寄り、船縁を背にして磐音と向き合った。背後から襲われる心配はない。

「どなたかな」

磐音が静かに問うた。

「そのほうが坂崎磐音じゃな」

「いかにも」

「死んでもらう」

「そなたじゃな。江戸から豊後一丸に潜り込み、関前藩の警護方住倉十八郎どのと副船頭の虎吉どのを殺めたは」

「気付かれては致し方あるまい」

「それがしを亡きものにするために、罪のない二人を手に掛けられましたか」

「それがしの身過ぎ世過ぎでな」

「姓名の儀は」

「本間流槍術(そうじゅつ)　剣術会得(えとく)者木幡丹次闇斎(こばたたんじあんさい)」

本間流は塚原卜伝(つかはらぼくでん)を師とした本間勘解由左衛門昌能(かげゆざえもんまさよし)が一派を開いた武術だ。

磐音は住倉十八郎が喉元を鮮やかに刺突された技が、本間流の槍術を剣で行ったものかと推測した。

「一廉(ひとかど)の武術家が女の首筋に刃を当てて、なにをなさろうというのかな」

磐音の口調はあくまで穏やかだ。

「そなたの手には乗らん。この女を始末して、そなたを殺す」

木幡丹次は五尺七寸余か、ほっそりとした体型をしていた。

「それがしを殺めるのがそなたの狙いのはず。城中のさるお方も、おこんさんまで犠牲にとは命じられなかったはずにござるが」

磐音は相手の使命を思い起こさせようとした。

「その手には乗らんと申したぞ」

磐音は、先ほどまで一緒だった唐八郎の姿が消えているのを察していた。

もはや木幡は答えない。

「おこんさんの代わりにわしを殺せ」

東源之丞が叫んだ。

ちらり

と木幡の視線がそちらを向き、おこんに当てた白刃が首筋から離れた。

磐音が踏み込もうとした。

「動くでない！」

木幡の白刃が再びおこんの首筋に当てられ、磐音の動きを牽制した。

その瞬間、斜めに傾いで横たえられていた帆桁の上からなにかが動いた。

八十九尺余の帆柱から垂れた綱に縋(すが)った唐八郎が円弧を描くように宙を舞い飛び、おこんの体を自らの両足でがっちり挟み込むと、右舷を越えて海の上に舞い上がり、そこで唐八郎は綱から手を離した。

どぼん！

と二人が落水した音がして、水夫たちが何人か飛び込んだ。別の人間は左舷に舫われていた伝馬に飛び込み、舫い綱を外した。

「これでそなたと一対一になり申した」

磐音は未だ手にしていた包平を腰に差し戻した。

木幡丹次はおこんを奪われた動揺を見せることもなく、抜き身を刺突の構えに置いた。

二人の間合いは一間半。

磐音は刃渡り二尺七寸の包平を抜くと正眼に構えた。

海面では唐八郎とおこんの救助が行われているようで、騒ぎ声が磐音の耳にも響いてきた。だが、磐音はすべての音を自らの意思で遮断した。

無念無想。

相手の動きを見守った。

だが、木幡丹次は磐音の意図を察したように攻撃の意思を押し殺し、動きを覚られないようにしていた。

二人は凍て付いたように睨み合っていた。

だが、二人の構えは静寂に見えて対照的だった。

木幡のそれはぴりぴりと、触れれば稲妻でも放射しそうな無言だった。一方磐音は、春先の縁側で日向ぼっこをする年寄り猫のように長閑だった。

いつまでも対峙が続くように思えたとき、

「おこん様を助けたぞ！」

という声が上がり、木幡丹次が刺突の構えを、鶺鴒の尾を動かすように、

ちょんちょん
と動かした後、
けえっ！

と夜明け前の冷気を震わす気合いとともに磐音へ突っ込んできた。

容赦なき突きが磐音の首に迫った。

磐音は動かない。

引き付けるだけ引き付けた後、伸びてくる切っ先に正眼の包平を擦り合わせて弾(はじ)いた。

木幡の刃が流れ、木幡は磐音の左脇を擦り抜けようとした。擦り抜けて間合いを十分に取ったと考えた木幡が反転した。

その両眼が驚愕(きょうがく)に見開かれた。

磐音は木幡を擦り抜けさせると、自らも相手との間合いを詰めていたのだ。しかも包平は磐音の頭上にあって、不動の構えを見せていた。

おおおっ
と驚きの声を思わず発した木幡丹次に、光となった包平が敢然と襲いかかった。

鋭い一撃が振り向いた木幡の脳天を捉えた。

がつっ
という不気味な音が響き、
げえぇっ！

と絶叫した。

田沼意次が放った刺客木幡丹次闇斎は血飛沫(ちしぶき)を撒き散らして崩れ落ちた。

「磐音様」

ずぶ濡れのおこんが船縁から顔を覗かせた。

「おこん、怪我はないか」

おこんが首を横に振った。すると海水の玉が弾けて飛び、朝の微光に煌(きら)めいた。

文春文庫

野分ノ灘
居眠り磐音（二十）決定版

定価はカバーに表示してあります

2019年12月10日　第1刷

著　者　佐伯泰英
発行者　花田朋子
発行所　株式会社　文藝春秋

東京都千代田区紀尾井町 3-23　〒102-8008
TEL　03・3265・1211㈹
文藝春秋ホームページ　http://www.bunshun.co.jp

落丁、乱丁本は、お手数ですが小社製作部宛お送り下さい。送料小社負担でお取替致します。

印刷製本・凸版印刷

Printed in Japan
ISBN978-4-16-791404-2